책을 책하다

册을 責하다

발 행 | 2016년 8월 11일
지은이 | 정화섭 외
발행인 | 신중현
펴낸곳 | 도서출판 학이사

　　　　출판등록 : 제25100-2005-28호
　　　　주소 : 대구광역시 달서구 문화회관11안길 22-1(장동)
　　　　전화 : (053) 554~3431, 3432
　　　　팩스 : (053) 554~3433
　　　　홈페이지 : http : // www.학이사.kr
　　　　이메일 : hes3431@naver.com

ISBN _ 979-11-5854-034-0   03800

冊

정화섭 외 지음

책

冊을 責하다

學而思 | 학이사

잠 안 오는 밤도 좋아라

우리는 서평이란 새로움에 설렜고
층층이 쌓아올리는 희미한 빛의 잉태
참으로 뜨겁게 껴안았던 시간을
쿠션처럼 깔고 앉아 작은 책을 엮습니다.

글의 행간에 담긴 모종의 뜻을 탐구하듯
해와 달이 바뀌는 틈바구니 속에서
우리들의 마음이 환해진다면 ……
디딘 자리 뿌리내리고 무성한 나무로 커가겠지요.

우리 가슴속에 자그마한 바램이 불씨되어
물결의 파문처럼 번져가는 행복한 놀이
들끓는 팔월의 어둠 속에 빛나는 별을 보며
함께 걸어가는 길 위에서 신선한 바람 맞습니다.

2016년 8월
정화섭

/서평 /

서평

내가 없는 곳에서 나를 만나는 노래

『백치는 대기를 느낀다』, 서대경 , 문학동네

|

김 남 이

기찻길, 목욕탕, 공장, 굴뚝, 쥐, 염소…… 서대경의 시집을 읽은 후 한참 뒤에 떠오르는 낱말들이다. 꽤 낭만적이고 친근한 느낌이다. 그러나 그의 시집에는 바틀비, 검은 늑대강, 산체스 벨퓌레, 압둘 키리한 등의 생경한 인물을 제목으로 가진 시들도 있다. 특히 '백치는 대기를 느낀다' 라는 시집 제목은 읽는 사람의 뇌리에 선뜻 새겨지지 않고, 대기 속 어떤 파장처럼 의식의 주변을 오래 맴돈다.

이렇듯 추억으로 연결되는 소박한 시어들과 낯설고 가볍지 않은 시어들을 울림이 있는 제목의 시집에 함께 녹여낸 이 책은, 2004년 〈시와 세계〉를 통해 등단한 서대경 시인의 첫 시집이다. 그가 시인의 말에 "나는 내가 없는 곳으로 갈 것이다"라고 쓴 것처럼, 그의 시들은 어쩌면 그도 모르는 누군가가 그의 목소리를 빌어 쏟아내는 노래, 혹은 중얼거림일지 모른다.

3부로 구성된 시집에는 41편의 시가 실려 있다. 다른 시집들에 비해 수록된 시의 편수가 적다고 할 수 있는데, 그의 시가 대부분 길기 때문일 것이다. 각 부에 실린 시의 제목들을 훑어보는 것은 부지깽이로 독자들의 상상력 아궁이에 숨구멍을 틔워 주는 일이 될 것이다. 예컨대 우리는 흔히 한 권의 시집을 손에 들었을 때, 먼저 '목차' 면의 제목들을 일별하곤 한다. 그런 의미에서 이것은 독자들의 옷섶을 당겨 앉히는 일이기도 하다.

'소박한 삶'이라는 부제가 붙은 1부는 '일요일, 가을 밤, 정어리, 목욕탕 굴뚝 위로 내리는 눈' 같은, 대체로 일상적인 제목의 시 13편이 묶여 있다. 2부도 13편인데, '바틀비, 여우계단, 서커스의 밤, 골렘' 등 뭔가 사연이 있을 듯한 제목들이 '백치는 대기를 느낀다' 라는 부제로 묶여 있다. 3부는 '입춘, 허클베리 핀, 낮달, 은하 철도' 처럼 유년의 흔적이 설핏 묻어나는 듯한 15편이 '차단기 기둥 곁에서' 라는 부제를 달고 있다.

대체로 긴 그의 시들을 읽다 보면, 꿈이나 소설의 한 장면을 읽는 것 같기도 하고, 환상 속을 헤메다 빠져 나오는 듯도 하다. 시인이 하고자 하는 말이 무엇인지 가늠할 수 없기도 하다. 짧은 몇 행 속에 선명한 의미가 녹아 있는 시편들을 기대한 독자들은 당혹스러울 수도 있다. 그러나 그의 시집을 끝까지 읽다 보면 점점 시인의 주술에 빨려들고 있음을 인정하지 않을 수 없게 된다.

"손을 벌리면 정적이 와 가만히 머문다 (중략) 너는 커다란 창을 열어 바깥의 중력을 내게 보인다 자디잔 은빛 실처럼 허공으로 쏟아지는 힘은 깨끗하다 이제 무얼 할까 나는 눈을 감았다 뜬다 우선 이 둥근 방을 나가야지 당신과 함께 산책하러 갈 거야 하지만 내가 눈을 뜨면 당신은 사라질 텐데 이 방은 내가 불러들인 잠 바깥은 어둠에 싸인 침대와 자명종 창밖으로 비가 내리고 있다 너는 내 옆에 앉는다 너는 미소 짓고 있는 것 같다 가끔씩 자명종 시계의 초침 소리가 들려 온다 아직 십오 분이 남았어 나는 햇살 속에서 부신 눈을 찡그리며 꿈 밖의 나를 훔쳐본다 꿈 밖에선 아직 비가 내리고 있다 (중략) 책이 젖으리라 나는 탁자에 손을 얹은 채 담배를 피운다 하지만 저 사내는 흐느끼고 있군 출근해야 하는 새벽에 침대 위에 엉망으로 사지를 우그린 채 너는 말이 없다 우리는 자명종 시계를 바라본다 (중략) 나는 시계의 알람 버튼을 누른다 어두운 방, 머리맡으로 빗물이 들이치고 있다."

- p.29 「경계」 부분

이 시에는 '나, 너, 당신, 저 사내' 라는, 인물을 지칭하는 네 개의 시어가 나온다. 그러나 우리는 뭔가 복잡해 보이는 이들의 관계를 굳이 분석해 보려고 애쓰지 않아도 좋을 것이다. 그저 화자의 웅얼거림 속에서 들을 수 있고 볼 수 있는 것, 느낄 수 있는 것만 주시해도 충만한 어떤 아름다움에 닿기 때문이다. 시 속의 화자는 맞추어 놓은 알람보다 십오 분 먼저 눈 뜬 것 같다. 잠이 깬 절반의 나와 아직 잠 속에 있는 절반의 내가, 꿈 바깥에 내리는 비와 꿈속으로 부시게 터지는 빛 사이에서, 그 미묘한 경계에서 만나는 상황을 시인은 그려내고 있다. 출근하는 아침마다 침대에서 뭉기적대는 그 짧은 시간의 수많은 생각과 기분과 느낌을 이렇게 고요하고 은은하게 레이스 뜨기 하는 시인의 감수성에 할 말을 잃게 된다.

"(상략)사내는 담배를 물고 한 손으로 자전거 핸들을 잡고 있다 한쪽 팔이 잘려나갔는지 작업복의 빈 소매가 바람에 세차게 펄럭인다 사내는 담배연기를 빨아들이며 허공을 올려다 본다 바람의 거친 궤적이 잿빛 구름을 밀어내면서 거대한 하늘 위로 새파란 대기의 띠가 몇 줄기 좁은 외길처럼 파인다 (중략) 그는 더듬더듬 속삭이고 있는 것 같다 어떤 단순한 이름들을, 추위로 가득한 대기의 이름들을 겨울, 거대한 하늘, 서리의 길, 춤춘다"

"(중략)그녀는 여관 유리창을 통해 사내를 지켜보고 있다. 한 손으로 알약 통을 만지작거리면서 그녀는 잠시 망설인다 그녀는 눈을 감는다 그녀의 입술이 희미하게 달싹인다 겨울, 거대한 하늘, 서리의 길, 춤춘다 그녀의 야윈 손이 창문을 활짝 열어젖힌다 순간 거대한 대기의 굉음이, 고철더미가 토해내는 음산한 비명 소리가 버석거리는 얼음의 숨소리가 순식간에 그녀의 전신을 덮친다 (하략)"

- p.66 「백치는 대기를 느낀다」 부분

시 속의 사내와 그녀는 바쁘고 활기찬 표정으로 분주하게 움직이는 삶보다는 외진 죽음 쪽으로 기울어있는 듯 보인다. 시선은 허공에 두고 마음은 한없이 낮게 깔리며 백치처럼 자신에게로만 오므러들 때 느껴지는 대기……. 그 대기는 겨울이고, 거대한 하늘이고, 서리의 길이다. 시 속의 사내는 더듬더듬 그 대기의 이름들을 속삭이며 그 속에서 그들과 춤춘다. 여관 유리창으로 그 사내를 지켜보는 그녀의 대기는 끙음이고, 고철 더미의 음산한 비명이고, 얼음의 숨소리다. 시를 따라 읽다가 우리는 오래전 언젠가 한 번쯤 본 듯한 풍경 속에 서 있는 자신을 발견할 것이다. 겨울의 대기 속에 서서 잠시 백치가 되어 있는 자신을.

위에서 본 두 편의 시 외에도 이 시집에는 지금 이 자리의 나를 의심하거나 나 아닌 누군가가 내 몸 속에서 흘려보내는 듯한 구절들이 많다. 시인의 상상과 사유가 자신도 모르게 시의 언어로 태어나는 것이리라. 이는 이 시인이 최근 한 매체(한겨레 네이버 뉴스, 2016. 2. 13)를 통해 밝힌 '나의 시를 말한다'에서 드러나는 그의 시 세계와 맥락을 같이 하고 있다. 아래에 제시하는 그의 인터뷰는 이 시집을 펼쳐 보려는 사람들에게 최소한의 길잡이 역할을 할 것이다.

　우리의 내면이란 사실 외부에 지나지 않는 것이 아닐까? 나는 나의 존재에 대해 절대적으로 무지하며, 근원적인 의미에서 나의 욕망도, 나의 의식도, 나의 언어도 온전히 나의 것은 아닐 것이다. 나는 나에게 영원한 타자他者에 불과하다. 하지만 아이러니하게도 내가 진정으로 살아 있다고 느끼는 순간은 바로 타자로서의 나를 응시하는 순간이다. (중략) 미로 속에서 미로가 되어 떠돌 때, 예기치 않은 부동성不動性을 내 안에서 감각하게 된다. 나는 타자가 된다. 그리고 타자는 세계가 된다. 시詩의 경험

이란 그것 외에 다른 무엇일 수 있는가?

　지금 있는 곳이 아닌 다른 어딘가를 동경하는 사람, 대상이 분명치 않은 그 무엇인가를 그리워하는 사람, 쉼 없이 돌아가는 시계 바깥의 몽환적인 세계를 꿈꾸는 사람은 그의 시집을 오래 잡고 있을 것이다.

다른 세계로 인도하는 '암시' 로서의 예술 이야기
『양의의 예술』, 심은록, 현대문학

김 남 이

 이우환(1936~, 한국)은 1968년경부터 일어난 일본 '모노하' 운동의 중심 작가 가운데 한 명으로 미술가이자 문필가이다. 그는 파리와 뉴욕의 주요 미술관과 서울 삼성미술관 등에서 많은 개인전을 개최했으며, 또한 세계 여러 비엔날레의 국제 전시에 참여하기도 했다. 이렇듯 세계무대에서 활약하는 현대미술의 거장 이우환을, 프랑스에서 미술비평가 및 예술부 기자로 활동 중인 심은록이 찾아가서 예술에 관해 이야기 했다.

그리고 그 이야기들을 대담집으로 엮었다. 이우환은 예술의 세 가지 주요 구성 요소 혹은 특색으로 시와 비판과 초월을 말한다. 예술 작품이 나올 수 있는 가장 근원적인 토양에서, 예를 들어 '사랑은 시적'이고 '현실 및 사고를 되짚는 것은 비판적'이며 '영감은 초월적'이라는 것이다. 또한 완성된 작품의 가치를 결정짓는 요소로 '정화는 시적'이고 '고도화는 비판적'이며 '고양 혹은 숭고는 초월적'이라는 것이다. 심은록은 이러한 예술의 구성 요소에 따라 이 책의 구조를 엮었다.

제1부는 '초월적―돌과 철판의 역사'이다. 네모난 철판과 둥근 자연석이라는 평범한 소재로 시작된 이우환의 「관계항Relatum」 연작을 사진으로 제시해 보여 주면서 돌과 철판의 관계를 통해 자연, 전통, 모더니즘, 타자론 등을 아우른다. 루소, 레비나스, 마티스, 세잔, 메를로퐁티, 사르트르 등의 여러 철학자와 화가, 작가들이 거론되기도 한 이 과정을 거쳐, 심은록은 "내부가 외부로 열리

는 것은(관계가 만들어지는 것은) 이우환의 말대로 '언어와 대상을 넘어선 차원의 티뜨림', 즉 일종의 초월이다"라고 선언한다.

제2부는 '시적―점과 여백의 역사'이다. 「점으로부터 From Point」, 「선으로부터From Line」, 「대화Dialogue」, 「바람과 함께with winds」 연작을 보여주며 이우환의 회화를 살핀다. 캔버스에 찍힌 "점은 그림이 아니라 그려지지 않은 여백을 인식시키기 위한 최소한의 표식일 뿐"이라고 이우환은 말한다. 데리다, 말라르메, 반 고흐, 존케이지, 바흐 등의 이야기를 곁들여 '여백'과 '감각'에 대한 깊이 있는 사색의 자리를 펼쳐 놓는다. 이에 심은록은 음악, 특히 클래식 없는 이우환의 작품을 생각한다는 것은 매우 어렵다고 덧붙인다.

제3부는 '비판적―예술가들의 역사'이다. '사회와 우주 사이에서의 예술가'('예술은 삶과 양립할 수 있는가'와 같은 의문을 품은)와, '시대성과 영원성 사이에서의

작품'이라는 주제를 토대로 현대 여러 작가를 살펴보면서 오늘날 예술과 예술가는 어떠해야 하는가를 이야기한다. 심은록은 바람이 불어 꽃이 떨어지는 것이 아니라 꽃이 지기 때문에 바람이 분다는 이우환의 시적, 시각적 관점의 전환이 현실을 새로운 차원에서 보게 하기에 동시에 비판적 관점을 가능하게 한다고 피력한다.

이 책은 주석을 각 면의 하단에 싣지 않고, 3부가 끝나는 쪽부터 25쪽에 걸쳐 싣고 있는데, 예술과 관련된 여러 방면의 이해를 위해 매우 유익한 부분이라 할 수 있다. 또한 "나의 모든 예술은 다른 세계로 인도하는 일종의 암시"라고 말하는 이우환이 그의 예술 이야기를 풀어 놓으며 사용한 낯선 용어들을 '이우환 용어'로 모아 13쪽에 걸쳐 싣고 있다. 이들 '부록'을 통해 예술에 대한 개념과 지식을 터득해가는 쏠쏠한 재미는 이 책에서 얻는 덤일 것이다.

자기 예술의 출발점과 탐구 주제에 대해 육성으로 들

려주는 이우환이 유명 작가나 좋은 작가를 꿈꾸는 이들에게 강조하는 것은 『개자원화보』(중국 청나라의 미술 교과서)의 서문이다. "만 권을 독파하고 만감을 품고 만리 길을 간 다음에 붓을 들어라."라는. 공부하고, 생각하고, 경험을 쌓으면서, 가능한 대로 자기를 부추길 수 있는 자극적이고 첨예한 투쟁의 장이 벌어지는 환경에 있는 것이 바람직하다고 그는 덧붙인다.

이 책은 세계적으로 인정받는 예술가가 된다는 것이 뛰어난 손끝 재주만으로는 결코 이루어질 수 없음을 읽는 내내 생각하게 한다. 끊임없이 공부하고 사색하고 깨어 있어야 한다. 아는 것이 늘어날 때마다 모르는 것은 거듭제곱으로 늘어나는 것이 인간이라고 한다. 이런 인간일진대 쉼 없는 갈고 닦음이 아니고서야 어떻게 대중을 감화시키는 예술가가 될 수 있겠는가?

이 책을 엮은 심은록은 "열매의 달콤함과 꽃의 화려함에 이끌려 뿌리와 그 뿌리를 감싸고 있는 토양까지 함께 만날 때는 양의적인 기쁨이 제공된다"고 했다. 그의 말처럼 이 책은 양의적인 기쁨, 즉 감각이 충만해지는 에로틱한 기쁨(세속적 비너스)과 새로운 세계를 여는 초월적 감동(천상의 비너스)에 젖고 싶은 그대들이 찾는 바로 그책일 것이다.

채식이냐, 육식이냐
『채식주의자』, 한강, 창비

|

김 용 주

『채식주의자』는 2002년 겨울부터 2005년 여름까지 집필한 「채식주의자」, 「몽고반점」, 「나무불꽃」을 엮은 연작소설이다.

2016년 영국 맨부커상 인터내셔널 부분을 수상하여 대한민국 문단에 활력을 불어 넣었다.

「채식주의자」에서 영혜는 어느 날부터 악몽을 꾸기 시작하면서부터 꿈의 영향으로 채식만 한다. 영혜의 채식으로 인해 주위에서 균열이 생기고, 남편은 영혜를 받아들이기 힘들어 그녀의 가족에게 알린다. 영혜 아버지는 이해가 안 된다며 영혜의 뺨을 때린다. 그로 인해 영혜는 가족이 있는 자리에 손목을 긋는다.

아버지의 손찌검은 유독 영혜를 향한 것이었다. 지친 어머니 대신 술국을 끓여주는 언니 인혜는 아버지도 알게 모르게 조심스러워 했다. 그러나 온순하나 고지식해 아버지의 비위를 맞추지 못하던 영혜는 어떤 저항도 하지 않고 모든 것을 뼛속까지 받아들인다.

「몽고반점」에서 인혜는 남편에게 영혜한테 몽고반점이 있다고 말한다. 형부는 처제의 몽고반점을 상상하며, 어떤 영감을 받았는지 몽고반점이 있다는 이유로 비디오 아티스트 형부의 예술적 대상이 되었고, 그 경계를 넘은 예술 행위를 하게 된다. 이를 알게 된 인혜는 절망하며 두 사람을 정신병원으로 보낸다.

인혜의 남편은 병원, 유치장 구금을 거쳐 결국 잠적하고, 영혜는 긴 정신과 치료를 받게 된다. 세 편 중에서 「몽고반점」이 재미있으면서도 묘하다. 남성에게 신체의 물리적 변화가 사랑의 구체적인 증거라고 한다지만 동물적 욕망으로 낙착된 영혜에 대한 사랑, 어쩌면 예고된 결말일지도 모른다.

　「나무불꽃」에서는 영혜는 아무 것도 죽일 수 없는 젖가슴을 담은 몸, 그의 형부가 본 '모든 욕망이 배제된 육체'를 거꾸로 세우며 "난 몰랐거든, 나무들이 똑바로 서 있다고만 생각했는데… 이제야 알게 됐어, 모두들 두 팔로 땅을 받치고 있는 거더라구"라며 놀라워한다. 바르게 서서는 돌아볼 수도 없는 자신의 삶이라서 그런가? 그 무엇 하나도 죽일 수 없는 젖가슴을 사랑한 영혜, 본인은 여러 사람의 삶을 망가뜨렸다는 생각조차 할 수 없는 모든 것을 '그냥 꿈이야'라고 뭉뚱그린다

중요한 것은 결국 화자다. 영혜를 바라다보는 각기 다른 시선, 인간의 폭력과 존재의 가치에 대한 정답은 과연 무엇일까? 얼마나 많은 폭력으로 인하여 생을 마감하는가?

개인과 사회

「술 권하는 사회」, 현진건

김 용 주

    1900년 대구 계산동 태어나 1943년 생을 마감한 현진건은 작품에 봉건 사회로부터 근대 사회로 변화하는 과도기에 빚어지는 지식 계층의 사회상을 불화와 갈등, 그리고 사랑과 돈을 중심으로 잘 표현했으며 특히 단편소설 「빈처」로 인정을 받기 시작했다. 대표작으로는 「빈처」, 「술 권하는 사회」, 「할머니의 죽음」, 「운수 좋은 날」, 「불」, 「고향」, 「적도」, 「무영탑」 등이 있다.

어느 날 밤 아내는 남편을 기다리며 바느질을 하다가 손가락이 찔린다. 그러자 아내는 온갖 망상에 사로 잡혀 초조해한다. 남편은 결혼을 하자마자 일본으로 유학을 떠났고 8년 만에 돌아왔는데도 실제로 산 것은 얼마 안 된다.

때로는 집에 들면 정신없이 무슨 책을 보기도하고 밤새는 경우도 있다.

'저러는 것이 참말 부자가 되는가 보다' 라고 아내는 해석한다.

남편이 하는 행동이 공부 아니 한 사람보다 다른 것이 없었다. 다르다면 그의 남편은 도리어 집안 돈을 쓴다는 것이다.

그래도 부인은 남편이 배워왔기 때문에 무언가 할 것이라 믿었지만 늘 먹고 자고 돈만 쓰는 남편이 이해가 안 되었다.

한 두어 달 지나갔다. 남편의 입에서 술 냄새가 진동했다. 아내는

"누가 술을 이처럼 권하시나요."

"첫째는 횟증이 술을 권하고, 둘째는 하이칼라가 약주를 권하지요. 아니아니 횟증도 아니고 하이칼라도 아니요 사회란 것이 내게 술을 권한다오"

아내는 사회가 조선에만 있는 요릿집 이름이어니 생각한다.

남편이 입을 다물자 눈에 보이지 않는 무슨 벽이 자기와 남편 사이에 깔리는 듯 아내는 쓰디쓴 경험을 또 맛본다.

남편도 소리를 지르고 괴로워서 못 견디는 듯 제 가슴을 쥐어뜯으며

"술 아니 먹는다고 흉장이 막혀요?" 울부짖는 남편을 뒤로하고 아내는 본체만체한다.

"너 같은 숙맥한테 조금이나 위로 받으려는 내가 바보지"

남편은 사회가 술을 권한다며 자신의 지식과 사회 사

이에서 고뇌하는 모습을 그리고 있다.

바깥 세상에 관심 없는 아내는 외부사회와 단절되어 있으며, 남편은 그런 아내와 의사소통이 안 되어 갑갑함을 느끼고 밖으로 나간 남편은 또한 사회 현실에 적응하지 못하고 끝없이 방황하며 "그 몹쓸 사회가, 왜 술을 권하는고!"

결국, 이 작품에서 작가가 표현하려고 한 것은 시대상에 적응하지 못하는 지식인의 고뇌이다. 이 소설은 가정을 중심으로 하되 사회적인 것이 원인임을 간접적으로 나타냈다는 점에서 개인과 사회의 관계를 투시透視하고 있다. 사회에 목숨을 담고 있는 우리가 외면하기 어려운 작품이다.

인류의 대장정에 오르다

『사피엔스』, 유발 하라리, 김영사

|

남 지 민

하루하루 단거리 달리기를 하듯 살고 있다. 낮에는 생활이라는 레이스 라인에서 온 힘을 다해 달리고 밤에는 바쁜 일상을 보낸 스스로에게 이 정도 게으름쯤은 허용해도 좋을 것이라고 변명하며 요즘 핫한 드라마를 보며 사랑의 그저 그런 유형에 빠져든다. 주말엔 개그를 보며 킥하고 웃다보면 일주일이 휙 날아간다. 가끔 인터넷 쇼핑몰을 드나들며 싼 가격의 이것저것을 찾아다니기도 하고 SNS를 들여다보며 다른 사람의 일상 훔쳐보기도 한다. 그러다 소설책 집어 들었다가, 시집을 집어 들었다가, 자기 개발서를 뒤적이기도 한다.

그런 나날의 즈음에 아주 두꺼운 책을 만났다. 소설책도 아니고, 수필집도 아니고, 자기개발서도 아니다. 역사서인 듯 시작하다가 문명의 반성서이기도 하고 인류가 안고 있는 행복의 문제와 가까운 미래를 이야기하고 있기도 하다. 『사피엔스』와 인류의 긴 마라톤을 시작했다.

『사피엔스』는 135억 년 전 빅뱅부터 45억 년 전 지구행성을 시작으로 인지혁명, 농업혁명, 인류의 통합, 과학혁명에 이르기까지 인류 역사의 대장정을 담은 책이다. 저자는 호모사피엔스는 인류 진화의 최종의 단계, 혹은 지구상에 유일한 종이라고 생각한 독자들에게 그 많은 인류의 종 중 하나라고 전제한다. 10만 년 전 지구상에는 최소 여섯 가지 인간 종이 살고 있었고 에렉투스, 네안데

르탈인으로 진화하는 단일계보는 오해이며 오늘날 존재하는 종은 호모 사피엔스 뿐이라고 주장한다.

인류의 역사는 인지혁명을 통해 '지식의 나무 돌연변이' 덕분에 뇌의 배선이 바뀌어 새로운 유형의 언어를 이용해 의사소통을 할 수 있게 되었고 그것이 집단과 집단 간의 협력이 가능해졌다고 밝히고 있다. 또 농업혁명을 통해서는 가용식량은 늘어났지만 인구폭발과 엘리트 집단이 생김으로써 농부는 열심히 일했지만 건강과 식단은 더 나빠졌다. 5백 년 전 일어난 과학혁명은 자본주의와 제국주의의 성장, 글로벌화, 에너지 생산과 소비의 확대, 환경파괴를 불러왔고 산업혁명과 정보혁명을 일으켰다.

미래는 생명공학 혁명이 기다리고 있으며 이것이 길가메시 프로젝트에 의해 가능할 것이라고 예견한다. 환경파괴로 인류가 멸망하지 않는다면 인류는 얼마 지나지 않아 생명공학으로 태어난 긴 인류와 사이보그로 대체될 것이라고 말한다.

우리는 누구인가, 어디에서 왔는가, 어떻게 해서 이처럼 막대한 힘을 얻게 되었는가를 이해하는데 도움이 되길 소망하며 유발 하라리는 책을 펴냈다고 한다. 이스라엘 출신으로 옥스퍼드대학교에서 '중세전쟁사'로 박사학위를 받았고 역사의 전개에 따라 사람들은 더 행복해졌는가에 대한 거시적인 안목에서 역사를 공부하고 있다. 유튜브 동영상을 통해 그의 세계사 연구가 많은 사람들에게 알려지기도 했다.

유발 하라리의 거시적 역사연구의 정점이라고 할 수 있는 『사피엔스』를 읽으면서 민족의 개념으로만 묶을 수 없는 세계 역사 속에서의 자아를 찾아가고자 하는 지적 욕구를 만날 수 있을 것이다. 또한 인간으로서 모든 생물체의 상위 먹이 사슬로서 자연과 지구에 오만함을 가지고 있지 않았는지 반성해 보게 될 것이다.

농업혁명에 관한 평을 언급한 이후 가축과 같은 동물들의 비참한 처지와 수많은 동물들이 가축화되고 일부는 멸종당하고, 진화를 하는 과정에서 고통당한 것에 공감하며 엄격한 채식주의자가 된 저자는 행동하는 지성인의 모습을 보여주고 있기도 하다.

빅뱅에서부터 농업혁명, 과학혁명까지, 대륙에서 섬 하나까지 시간과 공간, 생물학, 종교학, 과학, 경제학 등 학문의 경계를 넘나들며 인류의 역사를 담은 『사피엔스』는 인류의 미래를 함께 걱정하고 함께 만들어 나가고자 하는 가장 인류애적인 보고서이다.

인지혁명 이후, 사피엔스는 이중의 실재 속에서 살게 되었다. 한쪽에는 강, 나무, 사자라는 객관적인 실재가 있다. 다른 한쪽에는 신, 국가, 법인이라는 가상의 실재가 존재한다. 시간이 흐르면서 가상의 실재는 점점 더 강력해졌고, 오늘날에 이르러서는 강과 나무와 사자의 생존이 미국이나 구글 같은 가상의 실재들의 자비에 좌우될 지경이다.

- P.60

　보통 번역서의 문장을 보면 시작은 있는데 문장의 끝과 결론을 알 수 없는 것이 많은데 비해 이 책은 위 문장과 같이 번역이 명료하게 잘 되어있다. 정치학과를 졸업하고 기자로, 객원 과학전문기자로 일한 번역자 조현욱의 맥락을 꿰뚫는 번역 덕분이 아닐까 생각한다.

　역사를 단숨에 읽어낸다는 책들을 보면 참 아이러니하다. 『사피엔스』는 그리 얇다고 할 수 없는 두께의 책으로 단숨에 읽어 내릴 만큼 가볍지 않은 것도 사실이다. 만물의 영장이라고 생각하며 인간으로서 가졌던 오만과 교만을 내려놓고, 민족과 지역이 가진 역사적 희로애락을 잠시 잊고 조금 더 폭넓은 시각을 갖는 것으로 이 책을 읽을 준비를 대신했으면 한다. 그리고 세계를 받아들일 듯한 큰 숨을 한번 들이키며 이 책의 첫 장을 펴고 인류의 대장정을 시작하기 바란다.

한 때 청소년들이 '뉴발'(뉴발란스라는 브랜드)에 열광했다면 이 책을 읽은 독자는 거시적 안목과 통찰로 인류에게 거침없는 비판과 경고를 던지는 '유발'에 열광할 것이다. 무엇보다 책의 페이지와 정보의 방대함을 다른 책과 비교했을 때 책값이 전혀 아깝지 않는 책 중의 한 권이라고 생각한다. 일상과 생각이 너무 가볍다고 느낄 때 존재의 무거움을 찾고 싶은 이들, 일상이 단거리처럼 숨 가쁘다고 여겨지는 사람이 있다면 크게 한번 숨을 들이키고 『사피엔스』와 함께 인류의 대장정에 올라보면 어떨까?

인생의 전환기, 삶을 다시 생각하다

『내 가슴을 다시 뛰게 할 잊혀진 질문』,
차동엽, 명진 출판

남 지 민

내 인생은 머피의 법칙이라는 마법에 걸린 게 아닐까?
인생을 살아가면서 내 마음처럼 되지 않는 것, 기다리면
기다릴수록 더디 오고 혹은 아예 오지 않는다는 생각을
누구나 한 번쯤 했을 것이다.

삼성 이병철 회장이 타계하기 전 어느 성당 신부에게
보낸 질문지가 돌고 돌아 차동엽 신부에게 전해졌다. 이
질문지에 대한 저자의 해답이 이 책에 들어있는 셈이다.
"도대체 무엇을 위한 인생인가?" 하는 어려운 문제에 쾌

답을 제시하고 있다.

　오랜 시간 인간이 살아가면서 가질 수밖에 없었던 물음을 Big Q, 동시대인의 가슴에서 터져 나오는 물음을 Real Q로 구성하여 해답을 찾아간다. '착한 사람은 부자가 될 수 없나?', '가슴속 분노가 가득한데 이 분노를 다스릴 수 있을까요?', '악한 사람이 부귀영화를 누리는 사례는 대체 뭔가?', '우리나라는 종교가 번창한데 사회문제는 왜 그렇게 많나?', '과학이 더 발달하면 세상이 완전히 달라질까?' 등 누구나 가졌을 법한 많은 질문에 답을 찾아가는 생각의 과정이 이 책에 담겨 있다.

　청년실업에 대한 물음일 수 있는 "꿈을 향해 달려가지만, 꿈은 자꾸 도망가고, 이를 어찌 해야 하나요?"에 대해 다음과 같이 답을 제시한다. '꿈을 버티고 있되, 그리고 줄곧 품고 있되 확실하게 그 방향을 잡은 다음 그냥 흘러가는 대로 놓아두라! 계획농법 보다 유기농법을 택

하라'는. 소설가 황순원 선생, 세계적 건축가 안도 다다오, 소설가 마크트웨인 미국 자동차 산업을 일으킨 찰스 키더링, 첼로 연주가 파블로 카잘스 등이 가진 꿈에 대한 자세와 철학을 예를 들어 설명하면서 우리에게 주어진 오늘이라는 시간을 새로운 시작의 기회로 삼으라고 권한다.

누구나 한번쯤 간절히 바라는데 이루어지지 않을 때 되뇌이게 되는 "이 세상에 신이 있다면 대체 어디에 숨어 있나?"의 물음에 대한 해결책도 제시되어 있다. 개미는 2차원을 사는 곤충이고 코끼리는 3차원적 존재인데 개미가 코끼리의 존재를 한평생 기어 다닌다고 해도 코끼리의 실체를 파악할 수 있을 것인가 하는 '부분 체험가능성'과 '완전 파악불가능성'의 공존을 예로 들었다. 현대 물리학에서는 우주는 11차원까지 파악되고 있다고 한다. 3차원을 살고 있는 인간적 한계로 11차원의 신을 완전하게 파악하는 것은 불가능하지만 마음, 영안으로 신의 존재를 직감하며 체험하기를 권하고 있다.

이 책을 읽으며 착하게 죄짓지 않고 살아가려는 우리보다 나쁜 짓을 더 많이 일삼고 그것에 죄책감을 느끼지 않고 더 윤택하게 살아가는 사람들에게 '욱' 하던 감정이 조금은 진정될 것이다. 그리고 현상보다 본질을, 눈앞에 것보다 그 너머를 보려는 혜안을 가질 수 있을 것이다.

『무지개원리』로 잘 알려진 저자 차동엽 신부는 1958년 출생으로 서울대학교 기계공학과를 졸업하고 해군학사 장교 72기 출신으로 91년 가톨릭대 신학부를 졸업하고 사제서품을 받았다. 빈 대학 성서신학 석사, 사목신학 박사 과정을 수료했다. 『희망대귀환』, 『무지개원리』, 『바보존』 등의 왕성한 저술 활동과 강연을 통해 종교를 넘어서 모든 사람들에게 행복과 희망메시지를 전하고 있기도 하다. 현재 인천가톨릭대학교 교수, 미래사목연구소 소장으로 활동하고 있다.

이 책을 통해 독자는 변화를 경험할 수 있다. 일상에서

뾰족하게 솟아있는 신경세포들이 조금은 누그러지는 효과를 볼 것이다. 잃어버린 꿈, 내가 제일 하고 싶었던 일을 성찰해 보는 시간을 가지기 위해 노력할 것이다. 조바심 내지 않고 유기농법으로 기다릴 수 있을 것이다.

『당신의 가슴을 다시 뛰게 할 잊혀진 질문』은 인생을 살아가는 순간 마다 멘토로 삼아도 좋을 법하다. 인생의 전환기를 맞이한 사람에게 인생의 여정에서 기다릴 수 있는 여유와 자연현상, 사회관계를 경이롭고 감사하게 여기며 유기농 밭에서 꿈을 잘 키우며 살아가길 바라는 바라며 이 책을 선물하고 싶다.

쇠가 지배하는 세상에서 소리의 세계를 만나다

『현의 노래』, 김훈, 문학동네

박 경 희

『현의 노래』는 가야금이나 우륵을 둘러싼 역사책은 아니다. 얼마 되지 않는 문헌의 기록을 중심으로 작가가 허구와 개연성을 넣어 쓴 문학작품이다. 『삼국사기』와 『삼국유사』 일부에 남은 짧은 사료들로 전해지는 가야의 악성 '우륵'을 주인공으로 그의 삶, 그리고 삼국의 끊임없는 정복 전쟁을 이끌었던 무기(쇠)와 소리의 의미를 풍부한 상상력으로 써 내려간 소설이다.

저자 김훈은 1948년 서울에서 태어났다. 고려대 정외과 입학 및 중퇴, 영문과를 중퇴했고 26세 이후부터 여러 언론사를 전전했다. 장편소설『칼의 노래』, 소설집『강산 무진』, 기행산문『풍경과 상처』,『자전거 여행』등의 책을 펴냈다.

  김훈의『현의 노래』는 전작『칼의 노래』와는 또 다른 방식의 역사 해석을 펼친다.『칼의 노래』가 영웅의 이미지에 가둬두었던 이순신의 인간적인 내면을 칼날 같은 문체로 해부하며 충격을 줬다면,『현의 노래』는 가야금을 만들었다고 전해지는 악성 우륵과 그를 둘러싼 역사와 인물들을 유려하면서도 화려한 문장들로 되살려냈다.

  이 소설은 562년 멸망했다고 전해지는 대가야를 중심으로 전개된다. 이웃하는 강국인 신라와 백제가 강력한 통일국가 체제를 이룬 것과 달리 12개로 나뉜 부족들, 즉 소왕국들의 연합체로 존재했던 가야가 한때 신라와 백제를 위협할 정도로 힘을 키웠던 바탕에는 뛰어난 철기 문화가 있었다.

작가는 『현의 노래』를 통해 이 '쇠'가 고을을 정복하는 도구로 다듬어지고 더 강한 주인의 손을 거치며 더욱 날카롭고 잔인한 무기로 태어나는 등 권력의 상징으로 묘사한 것과 달리, 소리는 주인이 있을 수도 없고 연주를 멈추는 순간 절로 소멸하지만 폐허가 된 땅에서도 새로이 살아날 수 있음을 강조한다. 그러면서 동시에 둘이 다르지 않음을, 둘 중 그 어느 것이 더 낫거나 못함으로 구분되는 것이 아니라 인간의 삶과 죽음이 이 쇠와 소리처럼 덧없으면서도 한편으로는 새로운 역사를 만들고 있음을 표현한다. 작가가 서문에서 '악기가 아름답고 무기가 추악한 것이 아니다. 무기가 강력하고 악기가 허약한 것도 아니며, 그 반대도 아닐 것이다'라고 한 말이 이를 함축하고 있다.

조국인 가야가 망하기 직전 신라로 귀화해서 가야의 음악을 이어가는 우륵은 소설 속에서 전형적인 예술인이다. 가야에서 태어난 이상, 개인 우륵이 가야의 정치나 전쟁에서 자유로울 수는 없지만 그는 크게 관여하지 않는다. 악기를 만들고 작곡을 하고 음악을 연주한다. 잔치에 가서는 음악연주와 춤사위로 기쁜 마음을 더욱더 흥겹게 하고 장례식에서는 산 자와 죽은 자의 슬픈 영혼을 위로한다. 그의 음악은 나라나 민족, 역사, 정치에 갇히지 않는다. 그에게 '소리'는 아무에게도 속하지 않는것이다. 조국 가야를 지킨다거나 가야의 왕에게 충성한다거나 하는 마음이 없어 보이는 우륵이었지만 오히려 가야가 멸망한 뒤에도 살아남아 가야의 소리를, 가야의 금을 지킨다. 우륵을 통해 가야의 악기와 소리는 남게 된다.

우륵과 대조되는 인물로는 너무나 익숙한 인간형이 등장한다. 무기를 만들어 공급하는 가야의 대장장이 야로다. 야로는 물질적 부와 이기적인 안녕만을 추구할 뿐 어떤 의미에서는 우륵과 마찬가지로 정치나 전쟁과 관계없이 자신만의 가치를 추구하며 살아가는듯 보인다. 무기를 만들어 가야에도 공급하지만 가야의 적국인 신라와도 비밀거래를 하여 이익을 취한다. 그는 어떤 무기로 어떻게 사람을 더 잘 죽일 수 있는지에 관한 전문가다. 그가 만든 무기는 적군 아군을 가리지 않고 멀리 전파되어 사람들을 죽인다. 그것으로도 모자라 야로는 자신의 무기로 죽어간 주검들을 뒤져 그들이 차고 있던 무기고철을 거둬들인다. 우륵과 야로는 묵묵히 자신들의 길을 갈 뿐이지만 야로는 사람을 죽이는 일에 몰두하며 비열한 거래를 하고, 우륵은 악기와 음악을 창조하며 사람들을 위로한다.

가야에는 야로 못지않게 자신들만의 이득을 위해 사람의 생명을 아무렇게나 빼앗고 거짓을 일삼는 자들이 있다. 가야의 왕과 중신들이다. 그들은 무너져가는 가야를 지킬 실질적인 대책을 마련하기보다 가야 패망의 원인을 불길한 별자리의 기운으로 돌린다.

누구보다 왕의 가장 가까이서 시중을 들었던 궁녀 아라. 목숨에 대한 강한 애착을 느낀 나머지 왕궁의 수로를 통해 탈출한 아라는 우여곡절 끝에 철제 무기 제조를 담당하던 야로를 거쳐 우륵에게 찾아들고, 왕의 장례는 아라 대신 다른 시녀를 순장시키는 것으로 마무리된다. 아라는 우륵의 도움으로 우륵의 제자 니문과 혼인하여 우륵 내외의 곁에 숨어 살지만 결국 궁궐의 추격자들에게 잡혀 순장을 당한다. 아라의 행로는 그 누구에게도 속박되지 않은 자유의 행보였으나 결국은 자연으로 돌아간다.

소설 속에서 '소리는 본래 살아있는 동안만의 소리이고, 들리는 동안만의 소리인 것이오' 라며 자연스러운 것을 붙잡지 않는 것 그 어떤 형태로도 지배하지 않는 것. 그것이 세상의 이치라고 우륵은 말하고 있다. 작가는 『현의 노래』에서 자연과 인간의 생리를 간결하고 정확하게 그 어떤 것도 얽매여 있지 않도록 표현하고 있다.

소리와 바람, 쇠와 불, 물과 흙의 냄새가 인간의 삶과 생리현상의 냄새에 결합되어 소설 속에 전해진다. 작가는 '악기의 소리를 널리 피우는 것은 바람이었고 쇠를 달

구어 병장기를 만드는 것은 불의 일이었다.' 고 표현한다. 이 둘 모두가 자연의 일이었으나 그 자연이 빚어내던 두 인물의 결말은 같지 않았다.

우륵은 세상이 잉태하는 것을 그대로 바람 편에 내어보내고 취하지 않았으나, 야로는 자연을 세상에 빚어내어 인간이 가질 수 있도록 만들었다. 소리는 형태가 없어 만들어지고 없어지기를 반복하지만 쇠는 형태가 있어 권력을 쫓아 다녔다. 그리하여 우륵은 자신의 소리를 새로운 나라에 전파해 끊임없이 이어지게 할 수 있었으나 야로의 쇠는 죽어간 가야의 군사들과 함께 땅 속에 묻혔다.

몇 줄 남아 있지 않은 사료에서 출발한 작가의 상상력은 대가야의 몰락을 전후로 시간과 인물들 사이에 무수히 많은 층을 창조하며 이를 사실감 넘치는 소설로 빚어냈다. 그리고 그 층층이 담아낸 이야기들은 땅의 주인이 되기 위해 다듬어지는 쇠와, 덧없이 사라지는 듯하지만 새롭게 살아날 수도 있는 소리의 운명을 대비시키며 역사의 뒤안길로 사라진 왕국으로 우리를 초대한다. 다시 한 번 가야의 역사를 뒤적이며 들여다보고 싶은 독자는 이 초대에 기꺼이 응하기를 권한다.

소환하라. 지친 영혼을 위한 비타민 '추억'을
『추억에 관한 모든 것』, 다니엘 레티히, 황소자리

박 경 희

의상, 노래, 방송, 문화트렌드 전반에 복고가 대세이다. 드라마 '응답하라' 시리즈가 인기를 끌었고 기업의 '복고 마케팅'이 성공을 이어가고 있다. 디지털화된 차가운 세계에 살고 있는 우리들은 아날로그였던 과거를 소환해 그것에 열광한다. 어찌 보면 구질구질한 과거이지만 한 마디로 내일이 두려우니 어제를 보며 위로받고 싶은 것이다. 너무 힘들고 울고 싶을 때 누군가를 찾아 울고 싶은 심정이랄까.

『추억에 관한 모든 것』은 기억과 향수를 역사, 과학, 의학, 경제학 등 거의 대부분의 영역에서 다양한 데이터를 통해 탐색하는 해설서다. 우리가 왜 그리도 '좋았던 지난 시절'을 즐겨 되새김하는지, 그때 그 시절의 노래와 영화와 이야기를 소환하는 것이 지금 내 삶에 끼치는 실질적 영향은 무엇인지, 기억들은 우리의 미래에 어떤 메시지를 주는 것인지를 놀랍고 유익하고 무엇보다 재미있게 이야기한다.

독일의 경제학자이자 저널리스트인 다니엘 레티히는 1981년 퀼른에서 태어나 퀼른 저널리스트 스쿨에서 경제학과 정치학을 공부한 전문기자로 일했으며 '비트샤프트 보체'의 경영 & 성공 분야 편집장을 맡고 있다. 인기를 누리는 파워블로거 작가이기도 하다. 작가는 『추억에 관한 모든 것』에서 우리가 추억에 빠지는 이유와 향수의 심리적 기능, 과거 기억이 현재와 미래에 행사하는 위력에 이르기까지 해박한 지식을 들려준다. 1장에서는 '노

스탤지어(nostalgia)'의 탄생에서부터 시작한다. 노스탤
지어는 사전적 의미로 '고향을 몹시 그리워하는 마음. 또
는 지난 시절에 대한 그리움'을 말한다. 요하네스 호퍼라
는 사람이 1688년 자신의 박사학위 논문에서 처음 사용
했다. 그리스어로 '귀환'을 말하는 'nostos'와 '고통'의
'algos'를 합친 말이다. 즉 '노스탤지어'는 귀향의 고통
(귀향을 하지 못해 생기는 고통)이라고 할 수 있다.

처음엔 치명적인 질병이라는 의미로 사용된 '노스탤지
어'는 군인들이 의욕을 잃고 탈영하게 하였으며, 다른 지
역에서 식모살이하는 소녀를 살인자로 만드는 마음의 병
으로 인식됐다. 하지만 현대로 오면서 의미가 바뀐다. 지
금의 긍정적인 의미로서의 '향수'다. 불가해한 노스탤지
어는 수백 년의 연구와 발견을 거쳐 영혼을 위한 비타민
이 되고 육체적 건강을 증진시키는 묘약이 된 것이다.

2장 '흑백사진을 보는 마음'에서는

"하비 캐플런의 견해에 따르면, 향수병은 시간을 되돌릴 수 없다는 것을 처음으로 깊이 자각하는 젊은 시절에 시작된다. 기억은 적어도 청춘의 일부를 성인이 된 후에도 보존시켜 준다. 여기서는 향수가 설명이고 증상이며 동시에 약이다."

- p.97

라고 주장하면서 향수는 병이 아닌 약이라는 사실, 슬픔과 우울이 아닌 기쁨과 위로를 선사한다는 점을 설명한다.

3장은 '향수의 마법'은 마술이 아닌 기억의 과학임을 규명하고 있다.

"음악은 아주 쉽게 기억에 자리 잡을 수 있다. 그 이유는 음악의 복잡성에 있다. 우리가 음악을 들을 때는 뇌 전체가 관여한다. 뇌는 멜로디와 리듬, 빠르기뿐만 아니라 음의 높이도 처리해야 한다. 때때로 우리는 함께 노래를 부르거나

박자에 맞춰 춤을 추기도 한다. 노래는 기억 속에 고정될
수 있는 다양한 닻을 갖고 있는 셈이다."

- p.241

뇌과학자들은 기억이 자리 잡고 새로이 일깨워질 때
우리 뇌에서 벌어지는 현상을 추적했다. 신경학자들은
기억이 향수로 변하는 구조를 발견했다. 의학자들은 냄
새와 맛, 소리로도 되살아나는 추억의 효능을 이용해 노
인과 우울증 환자, 현대인의 여러 병증을 치료하는 방법
을 생각해냈다.

4장 '추억을 판매합니다'에서는 불안한 시대에 오래된
것을 찾는 사람들의 심리적 배경을 이용하여 복고풍 광
고를 하는 마케팅 이야기가 펼친다.

"사람들은 과거를 찾아가고 싶어 하지만 그곳에서 살고
싶어 하지는 않는다. 따라서 복고는 최상의 과거와 최상의

현재를 결합해 이를 하나의 매력적인 마케팅 패키지로 묶는다. 브라운의 결론이다. 미국 마케팅 교수 필립 코틀러도 향수를 연구했다. 재유행과 복고 제품은 모든 것이 더 평온했다고 생각되는 시대에 대한 동경을 구체화한다."

- p.336

똑똑한 기업들의 지원을 받는 경제학자와 마케팅 연구자들이 향수가 소비자들에게 구매 결정에 미치는 영향력을 확인하자마자 관련 제품이 쏟아졌다. 즉 추억 마케팅이다. 물론 신상품이 중요하지 않다는 것은 아니다. 하지만 고정고객에 대한 마케팅이 더 성공 가능성이 있음을 증명한 것이다.

"나이가 들어갈수록 아름다운 것이 있다. 몸은 더 이상 예전처럼 말을 듣지 않고 정신도 희미해진다. 알츠하이머나 치매 같은 병이 오고 기억은 사라진다. 생명의 불빛이 희미해지면 더욱 그렇다······ 물론 향수가 얼굴, 대화, 장소, 물건, 냄새, 소리 가운데 어떤 것에 의해 유발되든 아름다운 기억이라고 해서 꼭 완벽한 것은 아니다. 그 기억이 사실인지도 확신할 수 없다. 우리 기억력은 원하는 대로 기억한다. 그러나 그것도 그렇게 나쁘지만은 않다."

- p.247

완벽하지 않은 기억이라도 결코 아름답지 않은 기억이라도 그것이 추억이 된다면 향수로서의 가치는 충분하다.

아름다운 과거를 추억한 긍정적인 사람들 중에서 무려 62%는 90살에도 여전히 땅 위에서 살고 있고 반대로 긍정적인 추억을 별로 하지 않는 부정적인 사람들의 70%는 아흔 살이 되기 전에 땅 속에 누워있다는 연구결과로 보더라도 지나간 것을 추억하는 향수의 약효는 사람의 수명을 늘릴 만큼의 대단한 가치인 것이다.

'지나간 삶을 즐길 수 있는 사람은 두 번 사는 것과 같다.' 로마 시인 마르티알리스는 말했다. 마르티알리스의 이 말은 향수의 심리적 가치뿐 아니라 물리적 효능 차원에서도 적절한 말인데 '향수의 심리적 효능과 경제적 가치에 대하여'란 이 책의 부제목과도 일맥상통한다.

불안한 현실을 벗어날 활로를 찾고 건강한 내일을 구상하는 현재 우리들에게 적잖은 도움이 될 이 책은 철저한 조사를 기반으로 한 매우 깊이 있는 내용으로 마음을 따뜻하게 위로하면서도 학문적으로는 냉철하다. 직접 읽는 것뿐 아니라 선물용으로도 멋진 책이다.

사회과학 서적의 바이블

『리바이어던』, 토머스 홉스, 동서문화사

박 영 분

『리바이어던(Leviathan)』은 구약성서 욥기 41장에 나오는 바다 괴물의 이름으로 혼돈과 무질서를 상징한다. 하나님과 대적하는 괴물로 하나님의 저주를 받은 짐승. 홉스는 국가를 이 괴물에 비유했다. 그러나 그 이름만을 알고 기피할 이유는 없다. 혼돈과 무질서는 극복되어야 할 대상이지 피하기만 할 대상이 아니듯이…. 17세기 영국의 특수한 사회 현실을 중심으로 다루고 있고, 금서로도 지정이 될 만큼 논란이 많았던 책이다.

작자 토머스 홉스는 『리바이어던』을 통해 초기 자유주의와 절대주의의 중대한 이론적 전제가 되는 개인의 안전과 사회 계약에 관한 저서로 유명하다. 현실을 어둠이라고 묘사한 그의 개인사는 행복보다는 불행에 가까웠다. 다행히 부유한 삼촌의 도움으로 학업을 시작할 수 있었고, 뛰어난 지적 능력을 보인 그는 14세에 옥스퍼드 대학에 입학해 큰 학문적 업적을 일궈냈다.

『리바이어던』은 1651년 작품으로, 정식 제목은 『리바이어던 혹은 교회적 및 정치적 국가의 소재형태 및 권력』, 통찰력이 뛰어났던 홉스는 국가라는 거대한 창조물을 이 동물에 비유했다. 성립 과정에 대한 여러 억측이 있으나 홉스는 그때까지 영국의 주권 소재가 명확치 않았던 사실이 내란과 혁명의 최대 원인이라고 확신했다.

홉스는 이 책에서 인간 분석을 통해 주권의 필요성을 논하고, 절대주권을 확립함으로써 안전과 평화를 달성할 것을 주장했다. 이 책은 4부로 구성되어 있다. 제1부는 국가는 자연인보다 강한 인공적 인간이라는 내용을 담고 있다. 주권은 전체로 생명과 운동을 주는 인공의 혼이고, 위정자들과 그 외의 사법행정에 종사하는 관리들은 인공의 관절이고, 상벌은 신경이며, 개개인의 부와 재산은 힘이며, 인민의 안전은 그 업무이고, 고문관은 기억이며, 공평과 법은 인공의 이성과 의지이며, 화합은 건강, 소요는 병, 내란은 죽음과 연결시켰다.

제2부는 어떻게 해서 또 어떤 계약에 의해서 국가가 만들어지는가를 다루면서, 주권자의 각종 권리 및 정당한 권력 혹은 권위란 무엇인지에 대해 상세하게 설명했다. 제3부에서는 그리스도교적 국가란 무엇인가에 대해 기술했고, 제4부에서는 암묵의 왕국에 대해 말하며, 로마교회가 지상의 국가에 대해서 총 지배권을 가지고 있는 것은 성경의 잘못된 해석에 의한 것이라고 로마교회를 통렬히 비난했다.

『리바이어던』은 그 본문이 4부 47장으로 조직되어 있으며, 이 본문과는 별도로 말미에 실린 저자 자신의 '회고와 결론'으로 종료된다. 흔히 학자들 사이에 홉스가 『리바이어던』말미의 이 글을 통해 사실상의 정부 옹호론, 즉 현실적으로 국민을 통치하고 있는 정부가 정당한 정부라는 입장을 피력하고 있다고 주장되고 있으나, 이는 사실이 아니다.

홉스에게서 통치권자란 반드시 두 가지 요건을 갖추어야 하는데, 첫째는 국민을 보호할 수 있는 압도적인 힘이요 둘째는 국민의 동의다. 단지 압도적인 힘으로 사람을 제압하는 것은 승리(victory)이지 정복(conquest)은 아니다. 사실 홉스가 이 글을 그의 대작의 말미에 실은 이유는 자신이 후에 '토마스 홉스의 명성에 대한 고찰'에서 밝히고 있듯이, 당시 패배한 왕당파들에게 그들이 국가 '정치공동체' 안에 남아 있기를 원하는 한 어떻게 처신하는 것이 명예로운 처신인가를 설명하려는 데에 있었다.

그런즉 통치자가 일단 패배하면 그의 신민은 자유롭게

서로 간에 신약을 체결하여 새로운 통치자를 세울 수 있다는 것이 홉스의 기본 입장이었다. 게다가 그 당시 패배한 왕당파의 일원이 국가에 대한 충성 맹세를 한 경우가 충성 맹세를 하지 않은 경우 보다 찰스 2세에 끼친 피해가 적었다고 할 수 있는 것은 후자에 속하는 모든 귀족들은 의회주의자들에 의해 그 전 재산이 몰수되었으니까 말이다. 이와 같은 역사적 사건들을 고려할 때 홉스는 '회고와 결론'을 통하여 간접적이나마 그의 후원자인 3대 디본셔 백작의 처신을 변호하려는 시도를 했다고도 볼 수 있다.

홉스가 정치 이론에서 처음으로 평화와 안전의 필수적 조건을 분석하고 사회계약이론을 통해 이러한 전제조건이 충족되는 이상 국가 건설의 방책을 제시한 것으로 사회과학 서적의 바이블이 될 만하다. 이해가 쉽지는 않지만 소시민의 삶에서 큰 그림이 그려지는 느낌을 받을 수 있기 때문에 나는 이 책을 권하고 싶다.

그대 누구를 사랑하고 싶다면

『좁은 문』, 앙드레 지드, 펭귄클래식코리아

박 영 분

　명작^{名作}은 시대, 국가, 언어, 가치관, 문화를 넘어 사랑받는 문학 작품이다. 특히 원 저서를 읽어보는 것은 보석 중에서도 원석을 그대로 채취하는 깃 같은 큰 희열을 선사한다. 하지만 읽을 때마다 어렵다. 프랑스 문학의 거장 앙드레 지드의 초기 대표작 『좁은 문』 역시 마찬가지다. 세계문학 시리즈 완독에 도전했다가 이 책에서 많은 힘겨움을 느끼는 이들이 많다. 읽다가도 생각이 멈추게 되고 결국 중간쯤 읽다가 책을 덮어버린 것이 비단 나만의 이야기는 아닐 것이다. 이 작품처럼 종교적인 이해가 없이는 이해가 불가능한 작품이 서양 고전들 가운데는 많다.

이 책은 그럴 만도 하다. 앙드레 지드 역시 무려 3년 동안 무수한 포기와 재시도 그리고 이에 따르는 고통과 환희를 반복하면서 완성한 작품이다. 1909년 연재를 통해 처음 발표되었을 때도 그 내용에 대한 격렬한 논쟁이 있었다. 비난과 찬사 속에 앙드레 지드는 유명 작가 반열에 올랐다.

『좁은 문』은 제롬과 알리사의 이루어지지 못한 사랑이야기인데, 그 속으로 들어가면 많은 인간사적, 종교적 메시지를 갖고 있다. 남녀 주인공은 외사촌지간으로 청교도적 가정환경에서 엄한 교육을 받으며 함께 자란다. 알리사의 어머니가 정부情夫와 도망을 가자 제롬은 불우해진 알리사를 지켜주겠다고 결심한다. 제롬은 "좁은 문으로 들어가길 힘쓰라"는 성경구절을 접하면서 보편적 사랑이 아닌 고난으로 가득한 정신적 사랑의 길로 들어서게 된다. 두 연인은 서로 갈구하지만 자신들의 정신을 지배하는 종교적 윤리에 갇혀 서로 주변을 맴돌고, 결국 알리사의 죽음으로 그들의 사랑은 이뤄지지 못한 채 끝난다.

저자는 기존의 가치관과 새로운 가치관의 반복과 충돌이 격렬했던 이 당시 기독교적 세계관이 지배하던 유럽에 인간의 본성과 본능 그리고 자유라는 새바람을 불어넣으면서 하나의 문학작품으로 큰 격론을 불러 일으켰던 것이다. 이 책을 읽으면, '이루어질 듯 이루어지지 못하는 사랑을 보면서 종교적 윤리라는 틀이 과연 신이 원하는 것일까' 라는 의구심이 갖게 된다. 정작 작가는 아무런 결론도 내리지 않았다. 그저 이 작품을 통해 보여줄 뿐이었다.

이 작품으로 유럽 사회에 격론에 펼쳐질 때도 저자는 아무 말도 하지 않았다. 그리고 이런 말을 했다. "내가 어떤 의도를 가지고 있었다 하더라도, 그것을 말할 계제가 아니다. 내 역할은 독자로 하여금 성찰하게 하는 것이다." 『좁은 문』은 뭔가 저항할 수 없는, 심지어 유혹적으로까지 완벽한 그 무엇이 있다. 테크닉으로만 보면 이 소설은 사랑에 관한 작품이다. 가족으로부터의 안식이 사라지자 두 사촌은 서로에게서 미와 덕을 구한다. 제롬은 열두 살 때 아버지를 여읜 후 외아들로서 슬픔에만 잠겨 사는 어머니를 보고 자라면서 타고난 감수성이 더욱 조숙해졌다. 그의 사촌누이 알리사는 바람 피우는 어머니의 조롱을 받으면서도 아버지의 헌신적인 말벗이 된다. 그러나 이러한 설명은 단순한 시작을 불필요하게 강조할 뿐이다.

제롬과 알리사를 설명하는 그들의 섬세하고, 강렬하고, 험난한 사랑만이 유일한 현실이다. 결혼은 커녕 어떠한 육체적인 관계도 배제된 이들의 사랑은 그래서 서로를 향한 공개적이면서 고독한 열망이다. 젊음의 불확실에서 계산된 연기, 그리고 거부로 이어지는 길고 목적없는 궤도야말로 이 소설의 매력이다. 지드는 정교한 절제를 통해 욕망의 절대적이면서도 결말이 없는 본성을 잡아냄으로써 사랑이라는 감정을 탐구하였다. 그대 누구를 사랑하고 싶다면······.

5차원 시간여행

『시간의 주름』, 매들렌 렝글, 문학과 지성사

서 미 지

『시간의 주름(A Wrinkle in Time)』은 매들렌 렝글 (Madeleine L'Engle, 1918~2007) 이 집필한 '시간 5부작' 의 제1권으로 뉴베리 상(1963)을 수상한 작품이다. 작가 는 다른 은하에도 태양계가 존재하고, 생각하는 존재가 있으리라는 생각으로 '시간 5부작' 을 집필하였다고 한 다. 시간 5부작은 제1권『시간의 주름』을 시작으로 하여, 제2권『바람의 문』(1973), 제3권『급속히 기울어지는 행 성』, 제4권『대홍수』(1986), 제5권『허용된 시간』(1989)

으로 이어진다.

청소년이 주인공인 판타지 소설이라는 점에서 '해리
포터' 시리즈와 유사해 보인다. 그러나 『시간의 주름(A
Wrinkle in Time)』은 신화·전설 모티브가 없는 반면, 과
학·종교·철학 등의 요소가 유기적으로 표현되어 있다.
과학적 요소는 '시간의 주름'이라는 5차원 개념을 배경
으로 한 우주 공간에 숨어 있다. 주인공들은 다른 은하계
의 행성에서 악을 물리치고 집으로 생환한다. 이 과정에
서 '진실한 사랑만이 악을 이기고 정의를 실현한다.'는
종교적·철학적 주제가 드러나 보인다.

어둡고 폭풍우가 몰아치는 밤, 메그는 다락방에서 울
고 있다. 오늘 다른 학생들이 동생 찰스를 덜떨어진 아이
라고 놀렸다. 하필 메그가 꼴찌 반으로 떨어진 날에! 메그
는 그들을 흠씬 두들겨 패주었고, 그 일이 지금까지 마음
에 걸린다. 평소 동네 어른들도 머레이 박사의 막내는 지
능이 많이 모자란다고 수군거렸다. 하지만 그건 사실이

아니다. 찰스는 어느 누구와 같지 않아서, 그들 앞에서 입을 거의 열지 않는 것뿐이었다. 사람들이 말하지 않고 감추는 속마음까지 듣기 때문에……

　사실 실종된 아버지에 대한 마을 사람들의 억측 때문에 온 가족이 지쳐있었다. 오늘도 교장 선생님이 음흉하게 물어왔다. "아버진 정확히 어떤 일을 하셨지?" 아빠는 박사 학위를 받고, 프린스턴의 고등연구소에서 기밀에 속하는 일을 하다가 소식이 끊겼다. 메그는 소리쳤다. "엄마는 과학자예요. 생물학과 세균학으로 박사 학위를 두 개나 받았다고요. 엄마는 사실을 다루는 사람이죠. 아빠는 안 돌아오신다고 엄마가 말하면 저도 그 말을 믿겠어요. 돌아오실 거라고 하는 한, 전 그 말을 믿을 거예요." 사실은 자신부터 그렇게 믿고 싶었는지 모른다.

　메그와 찰스 앞에 신비한 아줌마들이 나타난다. 어느 거야 아줌마, 누구야 아줌마, 저게 뭐야 아줌마. 세 아줌마는 '시간의 주름' 저쪽, 5차원의 시공간에서 존재하는 악의 세력 '그림자' 혹은 '그것'에 대해 이야기해 준다. 그리고 메그의 아빠를 구하려면 시간여행을 떠나야 하고, 어쩌면 집으로 돌아오지 못할 수도 있다고 했다. 두렵지만 희망을 가지고, 메그·찰스·캘빈은 시간여행을 떠난다. 순식간에 형체가 변하면서 빨려 들어간 '웜홀' [1].

"광풍이 몰아치고 사방이 요란하게 뒤흔들리더니 메그는 어딘가로 떠밀쳐졌다. 그리곤 어둠, 침묵, 아무것도 없음이었다. 캘빈이 여전히 손을 붙잡고 있는지 어쩐지 아무 감각도 없었다. …… 아무런 경고도 없이, 이제껏 상상도 해 본 적 없는 압박감이 닥쳐왔다. 어마어마하게 큰 스팀 밀대로 납작하게 눌려지는 듯한 느낌이었다. 전혀 예상하지 못한 엄청난 충격이었다. 아무것도 없는 상태보다 훨씬 더 끔찍했다."

---

[1] 웜홀은 우리 우주와 다른 우주를 블랙홀이 연결할 때 생기는 통로라는 가설이다.

시간여행의 통로 '시간의 주름'을 통과하는 장면은 거의 타임 슬립에 가까워 보인다. 보통 시간여행자들의 시간여행의 방법은 타임머신[2]과 타임슬립[3] 두 가지이다. 타임머신은 인간이 만든 기계로 시간을 초월하는 것이고, 타임슬립은 예측할 수 없는 시공간에서 우연히 미끄러져 시간여행을 하는 것이다. 가는 방법과 가게 되는 시공간은 다르다. 공통점은 시간여행의 목적이라 할 수 있다. 시간 여행자들은 현재의 어떠한 결핍 때문에 여행을 시작한다. 『시간의 주름』 역시 아버지의 오랜 부재가 원인이며 이를 해결하기 위해 떠나는 시간여행 이야기이다.

먼 여행에서 돌아오는 길, 찰스 윌러스가 말한다. 공포

---

2) 1895년에 발표된 웰스(Herbert George Wells)의 소설 『타임머신(The Time Machine)』에서 처음 등장하였다.
3) 일본 무라카미류의 소설인 『오분 후의 세계』에서 나온 용어.

에 바탕을 두어서는 결정을 내릴 수가 없다고. 메그와 찰스 그리고 캘빈은 '그림자' 혹은 '그것'으로 불리는 거대한 악과 싸우는 동시에 자신 안의 두려움과 싸워서 이겨낸다. 그리고 메그는 자기 안에 있는 힘을 알게 된다. 두려움에 굴복하지 않고 직면하는 용기! 결국 메그는 그 용기로 아버지를 구하고, 찰스와 캘빈과 함께 무사히 집으로 돌아온다. 시간여행 도중의 경험으로 메그의 내면이 성장한 것은 물론이다.

　그러나 『시간의 주름』이 단순히 아이들의 모험만을 그려낸 이야기는 아니다. 차원이 다른, '4차원 → 5차원' 간의 공간이동 개념이 등장하기 때문이다. 아인슈타인에 의하면 우리가 사는 현재는 3차원이며, 여기에 시간이라는 1차원이 더해지면 시간과 공간은 따로 분리될 수 없다고 한다. 4차원에 1차원을 더해 5차원이 된다. 5차원에 이르러서는 '과거→현재→미래'라는 일반적인 시간의 배열이 뒤섞이게 된다. 이것이 아인슈타인의 상대시간이론과 5차원 이론에 기초하는 '굽어진 공간' 이론이다.

"5차원은 4차원 입방체야. 시간의 주름 말이야. 그걸 네 개 차원에 합치면 먼 길을 돌아가지 않고도 공간을 이동할 수 있게 돼. 고대 유클리드[4]나 옛날식 평면 도형을 빌어 다시 말하자면, 직선이 두 점 사이의 최단 거리가 아니라는 거야."

이처럼 『시간의 주름』에서는 '빛과 같은 속도로 가는 우주선 안에서는 시간이 느리다'는 상대적 시간 개념이 유려하게 펼쳐진다.

'단지 바란다고 다 이루어지는 것이 아니며, 본다고 해서 보는 게 아니다.' 이것은 다른 은하계 행성의 생물체가 한 말이다. 이 얼마나 울림 있는 대목인지! 이와 같은

---

4) 고대 알렉산드리아의 기하학자

울림이 곳곳에 별처럼 숨어있는 책이다. 그렇다고 교육적인 내용만을 담고 있다고 섣불리 판단하지 말자. 오히려 재미와 재치가 가득한 문장으로 가득해서 깜짝 놀랄지 모른다. 이제 당신도 시간 여행자가 되어 보는 건 어떨까? 단지 바란다고 다 이루어지는 것이 아니겠지만⋯⋯.

인생을 위로하는 노래

『그토록 가지고 싶은 문장들』, 신정일, 세종서적

|

서 미 지

갑자기 태어나서, 어느 날 보니 어른이다. 멋모르고 시작한 삶이 절대 녹록하지도 않다. 매 순간이 선택이고, 하루는 선택의 연속이다. 내셔널 지오그래픽에 의하면, 인간은 하루 평균 150회 선택을 한다. 그 중 30회는 신중한 선택의 순간이며, 그 가운데 5회 정도만 만족한 결과를 얻는다고 한다. 우리의 생은 스스로의 선택이 아니었다. 아이러니하게도 가장 중요한 선택에서 제외된 것이다. 단 한번 사는 인생에서 실패하고 싶은 사람은 없다.

그래서 실패하지 않기 위해, 성공하기 위한 질문이 많아진다. 크든 작든 우리의 모든 선택이 중요한 이유이다.

대학수학능력시험처럼 정답풀이라도 있다면 좋겠지만, 인생 수능에는 정답마저 없다. 성공과 실패에 대한 책임이 온전히 자기의 몫이기 때문에 선택은 어려운 문제이다. 수많은 선택의 작은 성공이나 실패를 겪는 동안 우리 안의 어린아이는 상처투성이가 되어 간다. 좋은 멘토나 친구가 있다면 행운이다. 좋은 책도 그런 행운의 하나이다. 누군가의 인생을 바꿀만한 힘이 있는 문장이 우리 삶의 질문에 대한 해답이 되기 때문이다. '영문도 모르고 태어났다가 돌아가는 인생에서' 능히 인생 수능에 대한 해답집이 될 만한 책이 있다면 얼마나 좋겠는가.

문학사학자 신정일은 우리가 사는 동안 갖는 수만 가지의 질문에 대한 해답을 시, 소설, 인문학, 철학 등 동서고금의 고전 속 명문장에서 찾았다고 한다. 자신의 인생을 지탱하게 한 문장들을 추려 '그토록 가지고 싶은 문장들'에 모아 한 권의 책으로 엮었다. 책은 총 4부로 나누어 동서양 명작들 속 명문장들을 싣고 있다. 1부 '번민으로 잠 못 이루는 당신에게', 2부 '냉혹한 세상 속 그대에게', 3부 '진정한 행복을 꿈꾸는 당신에게', 4부 '인생의 참된 의미를 찾는 당신에게'로 구성되어 있다.

신정일은 '헨리 데이비드 소로, 앙드레 지드, 도스토옙스키, 프란츠 카프카, T. S. 엘리엇, 스피노자, 연암 박지원, 니체, 셰익스피어, 헤르만 헤세, 도연명, 허균, 푸시킨, 김수영, 윤동주' 등이 던져주는 인생의 해답이 우리의 인생을 살리길 기원한다. 가족, 친구라는 관계로 외롭지 않게 살아간다고 생각하지만, 가끔 우리는 벅찬 문제를 혼자 감당해야 할 때가 있다. 그럴 때 우리를 위로해주는 헤르만 헤세의 노래.

땅 위엔, 크고 작은 길이 무수히 나 있다.
그러나 그 모든 길 향하는 곳은 오로지 하나,

말을 타고 갈 수도, 차를 타고 갈 수도

둘이서 혹은 셋이서 갈 수도 있다.

하지만 마지막 한 걸음은

오직 홀로 걸어야 하는 것.

그러기에 아무리 괴로운 일일지라도

스스로 하는 것보다 더 나은

지혜나 능력은

이 세상에 없다.

- 헤르만 헤세의 「홀로서」 중에서

헨리 데이비드 소로는 '한 알의 열매나 열매 속의 배아와 같은 문장'이 좋은 문장이라고 말한다. 이 책에는 준비되지 않은 순간의 선택에 배아가 되어 주며, 안다고 생각하지만 중요한 순간 깨닫지 못하는 것을 일깨워 주는 명문장들로 가득하다. 신정일은 책 속에서 시공을 뛰어

넘은 좋은 문장들을 읽을 때마다 고마움이 느껴진다고 한다. 책을 읽는 동안 비슷한 감정을 느낄 수 있었다. 단순히 명언이나 명문장을 모아 놓은 책과는 달랐다. 다른 책을 미뤄두고 단숨에 읽고 나서, 또 몇 번을 더 읽었다.

우리는 모든 순간이 처음과 다름이 없음에도 최선의 선택을 하려고 온몸으로 고민한다. 그리고 대부분 결과에 만족하지 못하고, 더 나은 선택을 못했다고 원망하거나 좌절한다. 그런 예상하지 못한 순간, 이 책은 충분히 빛을 발할 것이다. 자신이 던진 진지한 질문에 누군가 '왜 뻔한 질문을 던지는가?'라는 반응을 보인다면, 잠시 시간을 내어 이 책을 읽어보시라. 또 정리되지 않은 책꽂이의 책처럼, 머릿속이 온통 뒤죽박죽인 사람도 이 기회를 놓치지 마시기를! 소신 있게 말하건대, 이런 책을 읽어야 할지 말지에 대한 선택은 그리 오래 고민하지 않아도 된다는 것이다.

인간에 대한 경고

『마지막 거인』, 프랑수아 플라스 , 디자인하우스

|

손 인 선

누구나 가끔 위로 받고 싶은 혼자만의 공간이 있었으면 한다. 프랑수아 플라스가 쓴 『마지막 거인』의 공간 배경은 현대인들이 감추어 놓고 위로 받고 싶게 만드는 곳이다.

1957년 프랑스 에장빌에서 태어난 프랑수아 플라스는 그림책과 모험담을 좋아해서 어려서부터 삽화가가 되겠다는 꿈을 키웠다. 어린이 책을 쓰는 일에 열정을 쏟던 1992년 『마지막 거인』을 발표하면서 작가이자 삽화가로 세상에 널리 알려졌고 수많은 상을 거머쥐었다.

『마지막 거인』은 얼핏 보기엔 오래된 질감을 느끼게 하는 양장표지다. 표지 디자인 또한 가벼운 글이 아니란 걸 말하고 있다. 물론 글의 서체와 삽화도 인상적이다. 프랑수아 플라스는 12세와 13세 청소년을 위해서 이 책을 썼다고 한다. 하지만 어른이 읽으면 더 좋은 책이다. 꼭 어느 한 시대의 묻혀버린 이야기를 끌어와 펼쳐 놓은 듯하다. 아름답지만 슬픈 이야기, 슬픔을 딛고 일어설 희망을 가질 수 있는 이야기라고 할 수 있다.

"그것은 이상한 그림이 조작되어 있는 아주 커다란 이 (치아)였지요."

영국의 한 지리학자가 거인의 이(치아)를 손에 넣으면서 이 이야기가 시작된다. 이에 새겨진 기괴한 무늬가 그를 가만 내버려두지 않았기 때문이다.

"이에 세밀하게 그려진 그림은 몇 달 간의 세심한 관찰과 정교한 연구를 필요로 했습니다. 내 끈질긴 노력은 이 뿌리 안쪽 면에 새겨진 미세한 지도를 발견함으로써 보상을 받았습니다. 지도는 이상한 형상들이 뒤얽혀 있어 쉽게 갈피를 잡을 수 없었습니다. 하지만 강의 흐름과 산맥들 그리고 그 사이에 끼어 있는 그 지역만은 분명하게 드러났습니다. 내 서가의 아주 오래된 책에 묘사된 바에 의하면 그것은 흑해의 원천源泉에 있는 '거인족의 나라'가 틀림없었습니다."

지리학자는 짐을 꾸려 거인이 있을 법한 곳으로 탐험을 나섰다. 탐험은 고행이었다. 수많은 죽을 고비를 넘긴 끝에 중앙아시아에서 거인을 만나게 되었다.

"모든 시간 감각이 사라졌고 거의 실신 상태가 되어 고원에 이르렀습니다. 얼핏 하늘을 떠받치고 있는 거대한 기둥들이 눈에 들어왔습니다. 기력이 다하자, 나는 그만 깊은 잠에 빠지고 말았습니다. 차가운 햇살이 내 눈꺼풀을 들어 올리긴 했으나, 이내 거대한 돌기둥 그림자가 햇살을 가려 버렸습니다. 이런 끔찍한 일이! 돌기둥 하나가 나를 향해 기울어지는 게 아닙니까? 돌기둥은 믿을 수 없을 만큼 감미로운 목소리로 노래도 불렀습니다. 내 정신이 이 정도로 혼미해진 걸까? 꿈인가? 아니면 환영인가?"

거인과의 첫 대면 장면이다. 거인을 돌기둥으로 표현했다. 삽화에서 보면 이 지리학자는 거인의 손 하나 크기도 되지 않는다. 그러니 지리학자와 거인의 첫 만남에서 얼마나 긴장감이 감돌았을까? 하지만 거인들은 이 지리학자를 첫 만남 이후, 아이처럼 돌봐 준다.

지리학자는 거인의 나라에 도착해 그곳에서 꿈같은 열 달을 보낸다.

남자 다섯에 여자 넷, 모두 아홉 명의 거인은 온 몸에

극도로 복잡한 점선들로 이루어진 정신없이 혼란한 금박 문신을 새기고 있다. 거인들이 부르는 노래를 듣고, 그들이 해주는 음식을 먹으며 즐겁게 보내지만 문명에 대한 그리움으로 다시 영국으로 되돌아오게 된다.

지리학자는 거인의 나라에서 자신이 겪은 이야기를 모두 9권의 책으로 출간한다.

"처음 두 권은 타이탄, 아틀라스, 키클롭스, 파타곤 등 거인족에 관련된 신화와 전설에 주석을 달았고 3권은 거인족의 실존을 밝히는 증거와 여행담으로 꾸몄다. 5권은 거인족에 대한 보고서였고 나머지 4권은 삽화집으로 정확하게 재현하도록 했다."

그 결과 수많은 사람들이 그에게 야유를 보내기도 하고 지지하기도 한다. 든든한 성원을 보내오는 사람들에 의해 다시 9명만 남았다는 거인을 찾아 나서게 된다.

도중에 만난 아름다운 목소리의 거인 안탈라의 머리만이 커다란 수레에 실린 채 오는 모습을 보게 되는데 안탈라의 목소리가 그를 향해 하는 말이 가슴속까지 뒤집어 놓는다

　　"침묵을 지킬 수는 없었니?"

- p.74

　이 말은 책에서 가장 큰 울림을 주는 말인 동시에 뒤통수를 내리치는 말이다. 한심한 지리학자라 일컫는 주인공에게만 하는 말이 아니다. 안탈라의 목소리를 빌어 지구상에 존재하는 모든 인간들에게 보내는 경고다. 인간은 자연을 떠나 살 수 없다. 그러면서도 자연을 훼손하는 걸 그만두지 않는 상황이 아이러니하다. 거인 안탈라의 짧은 한 마디가 담고 있는 속뜻을 읽어 내는 사람이 많았으면 좋겠다.

"거인들이 실재하고 있다는 달콤한 비밀을 폭로하고 싶었던 내 어리석은 이기심이 이 불행의 원인이라는 것을 나는 마음속 깊이 너무도 잘 알고 있었습니다. 내가 써낸 책들은 포병 연대보다 훨씬 더 확실하게 거인들을 살육한 것입니다. 별을 꿈꾸던 아홉 명의 아름다운 거인과 명예욕에 눈이 멀어 버린 못난 남자, 이것이 우리 이야기의 전부입니다."

거인들이 인간의 손에 의해 죽어 있는 모습을 목격한 지리학자가 자신이 저지른 일에 대해 자책하는 장면이다. '쏟아진 물은 다시 주워 담을 수 없다' 는 속담이 있다. 지리학자의 자책은 여기에서 이미 쏟아진 물인 셈이다. 뒤늦게 후회해 보지만 늦었다. 지리학자는 마지막 남은 거인의 마을이 인간들의 욕심에 의해 사라지고 그 자책감으로 배를 타고 떠돌게 된다. 떠돌면서도 정박하는 부두마다 자신의 모험담을 들려주고는 하지만 절대 거인의 이에 대해서는 입을 다문다는 걸로 이야기가 결말을 맺는다.

제2, 제3의 한심한 지리학자는 지구상에 수도 없이 많다. 그들을 피해 점점 더 보이지 않는 곳으로 숨는 것들도 많을 것이다. 우리가 자연과 이웃에 귀를 기울이고 조건 없이 사랑할 때 자연은 감추어둔 비밀스런 공간도 내보일 것이다. 그런 뜻에서 이 책은 희망과 반성이라는 두 단어를 동시에 떠올리게 한다.

'집 없는 개'에서 '집 있는 개'로

『집 없는 개』, 마인데르트 드용, 비룡소

|

손 인 선

개를 키우고 싶다는 생각은 한 번도 해본 적이 없다. 싫어서라기보다 무섭다. 종에 따라 개들의 성향도 다 다르겠지만 내게 무섭기는 매한가지다. 그런데 이 책을 읽고는 '이런 개라면 키워 볼만 하겠다'는 생각이 들었다. 지금까지 개를 무서워한 다른 독자들도 이 책의 마지막 장을 덮을 때쯤이면 나와 같은 생각을 할 것이라는 확신이 든다.

작은 변화이긴 하지만 이런 마음이 들게 한 건 이 책을 쓴 마인데르트 드용이 개에 대한 편견을 없애는 데 큰 역할을 했기 때문이다. 그는 『지붕 위의 수레바퀴』로 뉴베리 상을, 『집 없는 개』로 뉴베리 명예상을 받았다. 1962년 미국 동화작가로는 최초로 어린이 문학의 노벨상이라고 불리는 안데르센 상을 받기도 했다.

"이 개를 좀 봐라. 몸에 뼈 한 마디 없는 것처럼 굴고 있구나. 꼭 오징어처럼 흐물흐물한걸. 내가 너한테 얘기하는 소리를 듣고서 그럴듯한 생각을 해낸 거야. 내가 만만해 보이니까 여기에 자기 집을 마련해 줄 거라고 생각한 거지."

집은 사람이나 동물들에게 중요한 의미다. 휴식처이기도 하고 다른 외부의 공격으로부터 자신을 지킬 수 있는 공간이기도 하다. '집 없는 검은 개 한 마리'로 시작하는 이 책은 사람과 동물의 따스한 마음이 군데군데 나타난다. 검은 개는 '가랑잎에 옷 젖듯이' 그렇게 가족이 된다.

스스로 정한 목표, 즉 붉은 암탉을 지켜내는 일을 충실히 했기 때문이다.

　"보렴, 이제 내가 할 일은 네 마디뼈를 오리발 안에 넣는 것뿐이야. 그럼 너는 늘 그랬던 것처럼 내 어깨 위에 서서 어디든 갈 수 있지."

　주인아저씨는 아주 작은 부분까지 세심하게 신경을 쓰는 성격의 소유자다. 발톱이 빠진 붉은 암탉을 위해 오리발을 신긴다. 그 오리발을 자신의 어깨에 실로 꿰매어 닭이 자신의 어깨에서도 균형을 잡고 서 있을 수 있도록 배려 한다. 동물들을 가족으로 대하는 마음, 늘 동물들에게 말을 걸고, 5000달러의 말보다 2센트의 붉은 암탉을 더 귀하게 여길 줄 아는 사람이 주인이다. 그런 주인아저씨가 검은 개를 밀어낼 때는 책을 읽다가도 야속한 마음이 들었다.

닭들이 들개 떼에 공격당한 적이 있어서 아저씨는 검은 개를 경계한다. 닭을 해칠까봐 차에 태워 멀리 내려놓고 오지만 검은 개는 다시 아저씨의 집을 찾아오기를 반복한다. 아저씨의 마음을 아는 검은 개는 아저씨의 눈에 띄지 않게 집 안에 숨어 살기로 했다. 그러던 어느 날 매가 닭과 병아리를 공격하는 모습을 주인아저씨가 보게 되었다. 아저씨는 그 순간 암탉을 구하려 달려드는 검은 개도 봤다. 아저씨가 달려와 검은 개에게 말한다.

"굉장했어, 정말 굉장했어. 네가 암탉을 구했구나. 넌 내가 생각했던 것처럼 닭들을 공격한 게 아니었어. 늪지에서 이 녀석을 지켜 준 것도 아마 너였겠지. 그러고는 집까지 데려오다니! 그래, 이젠 너도 집으로 온 거란다. 여긴 네 집이야! 너한테 아주 멋진 이름을 지어 줘야겠다."

검은 개가 가족으로 받아들여지는 순간이다. 나도 모

르게 울컥했다. 고생이 끝나고 드디어 집 없는 개에게 가족이 생기고 집이 생겼다. '고생 끝에 낙이 온다.' 는 옛말이 있듯이 검은 개도 이제 '고생 끝, 행복 시작!' 이다.

지금은 핵가족화로 인해 사람 간의 동거는 줄어드는 대신 사람과 동물 간의 동거는 늘어나고 있다. 1인 가구도 점점 늘어나고 있다. 그러다 보니 애완동물들과 소통하며 사는 사람들도 많다. 그런데 문제는 키우다 형편이 여의치 않으면 버리기도 한다는 것이다. 이런 문제만 해결된다면 반려동물과의 동행도 괜찮을 듯싶다.

책을 다 읽고 나면 사랑이 충만해지는 것을 느낀다. 책속 주인아저씨의 마음이 곧 '작가의 마음이 아닐까?' 하는 생각도 든다. 동물을 사랑하는 따스한 시선으로 그려낸 책, 동물과 사람이 소통하고 가족이 되어가는 과정을 그렸지만 결국 그 안에는 사랑이 있다.

초등학교 고학년이 읽기에 적당한 것 같은데 굳이 분류를 하지 않고 책 읽기를 좋아하는 모든 사람이 두루 읽었으면 좋겠다. 검은 개와 주인아저씨를 통해 세상을 살아가는 법과 작고 힘없는 것들을 대하는 법을 다시금 배우게 될 것이다. 마지막 장을 덮었을 때 작은 바람 하나를 가져봤다. 집이 필요한데 집 없는 동물들도 마음씨 착한 주인을 만났으면 하는 것이다. 책에서 받은 여운이 가슴속을 따뜻하게 한다.

악마의 발톱, 그 검은 꽃

『검은 꽃』, 김영하, 문학동네

|

신 중 현

멕시코는 어떤 땅입니까? 멀다. 아주 멀다. 그럼 어디에서 가깝습니까? 미국 바로 아래다. 그리고 아주 덥다. 소년과 미국인 선교사의 대화다.

1904년 2월, 경사진 언덕 위에 그럴듯한 건물 하나 찾아보기 힘든 황량한 항구, 제물포로 사람들이 모여든다. 구걸하는 거지와 단발의 사내들, 치마저고리를 입은 여자와 코흘리개 아이들까지 망라한 군중들이 모여든다.

이들은 〈황성신문〉에 난 광고, 일터와 돈과 따뜻한 밥이 기다리고 있다는 멕시코로 가기 위함이다. 묵서가墨西哥. 얼마나 멀고 어떤 땅인지도 모르는 낯선 이름의 나라로, 몰락한 황족과 군복을 벗은 군인, 농민, 건달, 박수무당, 전직 천주교 신부와 그들의 식솔 등 1,033명의 조선인은 희망을 품고 영국의 기선 일포드 호를 타고 떠난다.

이들이 죽을 고생을 하며 도착한 지구 반대편에는 밤낮을 가리지 않고 그악스럽게 달려들어 피를 빼는 모기와, 엉덩이를 물어뜯는 개미들, 불덩이를 안은 것처럼 뜨거운 태양이 기다리고 있었다. 조선에서 눈만 뜨면 보던 논밭은 어디에도 없었고, 메마른 땅 위엔 알 수 없는 식물들만 일정한 간격으로 열을 지어 자라고 있었다. 악마의 발톱을 거꾸로 세운 것 같은, 불꽃같기도 하고 웃자란 난초 같기도 한 식물이 눈길 닿는 곳 어디에나 있을 뿐이다.

"별거 있갔어? 겁먹지 말라우, 곧 또 보게 될 터이니."

떠날 때와는 달리 오는 도중에 두 명이 죽고 한 명이 태어나 1,032명이 된 조선인은 이렇게 인사를 나누고 여러 농장으로 뿔뿔이 흩어진다. 그들은 자신들도 모르게 대륙식민지회사에 철저히 속아 극심한 노동자 부족으로 곤란을 겪고 있던 유카탄 반도의 에네켄 농장주들에게 팔려온 것이다. 에네켄은 선박용 로프의 원료로 쓰였는데, 조선인들이 본 악마의 발톱을 거꾸로 세운 것 같던 그 식물이었다.

이 책의 제목 '검은 꽃'도 이 식물에서 따 온 것이다. 4년이란 의무기간 동안 그들은 25개의 에네켄 농장에 분산돼 조선에서보다 더 비인간적인 취급을 받는다. 이들의 당시 생활을 중국인 허훼이는 샌프란시스코에서 발간되는 중국계 신문인 〈문흥일보〉에, "모두 조각조각 떨어진 옷을 걸치고 다 떨어진 짚신을 신었으니 이곳 본토의 남녀가 보고 비웃는 소리는 가히 듣기 거북할 지경이다.(……) 농장에서 일을 제대로 하지 못하면 무릎을 꿇리고 구타를 당하여 살가죽이 벗겨지고 피가 낭자하니 차마 못 볼 광경"이라 하였다.

에네켄 농장의 노예로 지낸 4년의 의무기간이 끝난 1909년 5월이 되어서도 조선 사람들은 그들이 떠날 때 꿈 꿨던 부는 커녕 고국으로 돌아가지도 못한 채 멕시코 전 역을 떠도는 신세가 된다. 하지만 언젠가는 귀국할 수 있 다는 꿈을 버리지 않는다. 그러나 때마침 불어닥친 멕시 코 혁명과 내전의 바람에 휩쓸려 죽고 죽이는 싸움에 말 려든다. 그리고 이웃나라 과테말라의 정변에 끌려 들어 가 혁명군 측에 서서 과테말라의 밀림 속에서 정부군과 전투를 한다. 이 와중에 이들은 '신대한'이라는 국호를 내걸고 작은 나라를 세우려 하지만 과테말라 정부의 소 탕작전에 의해 대부분 전사한다.

이 이야기는 우리 민족의 우울한 이민사移民史다. 현대 문학상과 황순원문학상을 수상한 작가 김영하는 2003년 〈문학동네〉에서 펴낸 이 장편소설로 2004년에 동인문학상을 수상했다. 문학평론가 남진우는, "우리 사회에 만연한 탈근대적 징후를 누구보다 선구적으로 포착하고 예리하게 천착해온 작가가 근대의 기점으로 거슬러 올라가는 소설적 모험을 시도했다는 것은, 시간을 역류하여 중세적 질서에서 벗어나지 못한 조선사회가 붕괴해가고 일제에 의한 식민지 근대화가 그 마각을 드러내기 직전인 대한제국 시절로 읽는 사람을 안내한다"고 한다.

현을 통해 흐르는 가야의 소리

『현의노래』, 김훈, 생각과 나무

|

신 호 철

1945년생인 김훈은 경향신문 문화부장과 편집부국장을 지낸 아버지 김광주의 영향으로 자연스럽게 소설 수양을 해나갔다. 한국일보에서 기자 생활을 하다가 47세에 문학동네 창간호에 「빗살무늬토기의 추억」을 발표하면서 문단에 데뷔하였다.

소설가 김훈의 작품은 『칼의 노래』로 처음 접하게 되었다. 이순신이라는 홍미로운 소재 때문인지 읽기가 쉬운

편이었다. 이번에 읽은 『현의 노래』는 『칼의 노래』처럼 쉽고 흥미로운 이야기는 아니었지만, 건조한 문장 속에 담긴 의미를 곱씹어 볼 수 있는 책이다. 『현의 노래』는 우륵의 소리와 사라져가는 가야의 이야기를 담고 있다. 다만 아쉬운 부분은 전쟁에 대한 묘사나 그 시대를 살아가는 사람들의 잔인할 수밖에 없는 면 때문인지 너무나 분위기가 어둡다.

책을 읽고 나서 한동안 잊고 있던 '순장'이란 단어를 떠올렸다. 서기 5~6세기 가야에는 각 고을마다 왕이 있었고, 그 왕이 죽으면 50여 명을 그 왕과 함께 묻었던 제도가 순장이다. 이 시대에서 죽음은 너무나 흔한 존재였다. 자연사도 많았지만, 늘 조그마한 나라끼리의 전쟁이 많았다. 사람들은 "날마다 섬 뒤쪽에서 해가 뜨고 저무는 해가 다시 섬 뒤쪽으로 돌아와 섬은 늘 밝아서 대낮이었고 사람들은 고기 잡고 밭 갈아 살았으되 나라가 없어 왕도 없고 봉분도 없다고 했다."고 말하는 니문처럼 나라도 없고, 왕도 없는 죽음이 먼 세상을 꿈꾼다.

주인공인 우륵도 중요하지만 대장장이 야로도 말하지 않을 수 없다. 우륵만큼 세상을 잘 읽어나가던 야로는 뛰어난 대장장이였는데, 그가 만든 병장기는 가야와 신라 그리고 백제 병사들 모두 사용했다. 우륵과 야로는 신라에 투항하였는데, 우륵과 다르게 야로는 이사부에게 죽임을 당했다.

이사부는 신라에 투항한 우륵을 죽이지 않았다. 그 이유는 야로의 병장기처럼 우륵의 소리에도 주인이 없었지만 우륵이 말하길 "나를 그저 내버려두시오. 신라가 가야를 멸하더라도, 신라의 땅에서 가야의 금을 뜯을 수 있게 해주시오. 주인 있는 나라에서 주인 없는 소리를 퍼게 해주시오." 했다. 우륵이 이 말을 하자 이사부는 짐짓 놀라며 우륵에게 알 수 없는 감정을 느낀다. 그리고는 우륵을 낭성의 민촌으로 보내 정처와 양식을 마련해 주고 외지고 적막한 그 마을에서 금을 켜도록 한다.

소설 속 이사부의 삶은 전쟁 그 자체이다. 전쟁이 우선이고 사람은 뒷전인 그런 무자비한 사람이다. 한 일화를 예로 들자면 백제와 가야에서 투항한 수많은 사람들을 부릴 수도 없었으며, 가두어도 지킬 사람이 없어 모두 죽여 버린다. 이사부는 죽기 전 마지막 전쟁에서도 가야의 왕자 월광을 앞세워 고을을 치고, 그 고을에 살아있는 모든 병사를 죽인다. 그리고 민심이 흔들릴 것을 우려해 왕궁을 불태운다. 이사부는 평생 살아왔던 전장의 군막 안에서 전쟁의 끝을 보지 못하고 늙어 병으로 죽는다.

우륵이 죽기 얼마 전 신라 군장이 찾아와 가야의 마지막 고을이 멸망했단 소식을 전하며, 우륵의 소리와 춤을 신라로 옮기기 위해 서라벌의 젊은 관원 세 명을 보내겠다고 전했다. 얼마 지나지 않아 신라의 관원 세 명이 찾아와 한 계절이 지날 때까지 우륵에게 춤과 금을 배우고 우륵의 악기를 가지고 떠났다. 관원이 떠나고 한계절이 지나기 전에 우륵은 숨을 거두었다.

　이 책은 한 번 읽어서 내 것으로 만들 수 있는 책은 아니다. 게다가 소재 또한 『칼의 노래』처럼 친숙한 소재인 이순신이 아니라, 좀 더 철학적인 우륵의 소리를 소재로 사용해 100% 내 것으로 만드는데 어려움이 있다. 게다가 등장인물들의 개성이 강해 우륵이 주인공이지만 우륵의 시점, 이사부의 시점, 니문의 시점 등 다양한 시점으로 책을 보면 시점마다 독특한 재미가 있는 책이다. 다음에는 누구의 눈으로 이 세상을 바라볼까?

모든 사람의 관심을 받은 남자

『마션』, 앤디 위어, 랜덤하우스

|

신 호 철

소설 『마션』의 작가 앤디 위어는 캘리포니아주에서 태어났다. 물리학자인 아버지와 전기공학자인 어머니 사이에서 자랐다. 그가 8세가 되던 해에 부모님이 이혼하였고, 15세가 되던 해에 샌디어 국립 연구소에서 컴퓨터 프로그래머로 일하기 시작했다. 그는 평소 블로그 등에 소설을 쓰며 소설가의 꿈을 가지고 있었는데, 소설이 인기를 얻어 어느 한 독자의 권유에 따라 전자책으로 출간하게 되었다. 그 가격은 아마존 전자책으로 받을 수 있는 가격 중 가장 작은 0.99 달러. 욕심 없이 전자책을 등록하였고, 그래서인지 그의 책은 전 세계인으로부터 많은 사랑을 받았다. 결국 그 사랑의 결정체로 영화가 완성이 된 것이다.

이 책의 흥미로운 부분은 일반 SF소설보다 좀 더 사실감을 주기 위해 과학적인 전문용어를 많이 사용한 것이다. SF소설의 경우 외계인이나 우주선 등 아직은 확인되지 않은 소재를 주로 다루었다. 이 책의 경우 현재 인터넷에서 한 번쯤 본 듯한 화성탐사의 이야기를 주요 소재로 다루고 있어 좀 더 사실적으로 느껴 책에 더욱 더 몰입할 수 있게 한다. 소설은 사실 작가의 허구적 요소가 담겨져 있다. 시작 부분에는 화성에서 어마어마하게 큰 모래폭풍이 분다. 화성은 그런 거대한 모래 폭풍이 불 수 없는 구조다.

내용은 주인공 마크 와트니가 미지의 세계인 우주, 그 중에서도 화성을 탐사하면서 생긴 이야기다. 앞서 다른 탐사 팀들이 화성에 성공적으로 다녀갔기에 불안함 보다는 기대감을 가지고 있었다. 마크 와트니가 포함된 팀은 무사히 화성에 착륙을 하였지만, 탐사를 진행하려는 그 순간 어마어마하게 큰 모래 폭풍이 들이닥쳐 팀원들은 철수를 결정한다. 탐사정에 탑승을 하려는 순간 모래폭풍 속에서 날아온 무언가에 맞아 마크 와트니는 모래폭풍 속으로 사라진다. 긴박한 상황 속에서 팀원들은 마크 와트니를 찾기 위해 수색을 하였지만, 험난한 모래폭풍과 마크 와트니의 우주복 고장으로 생명반응을 보이지 않자 죽은 것으로 생각, 탐사정을 타고 화성에서 탈출을 한다.

여기서 마크 와트니가 죽었더라면 그는 화성탐사에서 사망한 비운의 희생자가 되었을 것이다. 하지만 그는 끈질긴 생명력으로 모래폭풍 속에서 기적적으로 살아남았다. 그는 사람 한 명 없는 화성에서 살아남기 위해 갖은 방법을 고안해 내야 하는 처지가 되었다. 사실 마크 와트니가 식물학자가 아니라, 기계 공학자거나 프로그래머, 의사였더라면 주어진 식량만으로 살아남아야 하고, 그 식량으로는 구조대가 올 때까지 살아남기가 정말 힘들었을 것이다.

그는 식물학자로서 화성에 식물이 살 수 있는지를 알아보기 위해 가져왔던 실험용 감자들을 씨감자로 삼아 농사를 짓기 시작하였고, 화성생활에 점차 익숙해지기 시작했다. 그러다가 예전 탐사 대원들이 사용하던 통신 장비를 멀리 떨어진 곳에서 우여곡절 끝에 찾는다. 그리고 지구에 있는 나사와 연락을 하게 되었고, 결국에는 나사에서 생존사실을 알고 구조대를 보내려고 한다. 하지만 아무리 계산을 해보아도 마크 와트니가 구조대가 올 때까지 살아남을 수가 없었고, 나사는 절망하게 된다.

지구와 연락하게 된 마크 와트니는 나사와 연락을 한다. 마크 와트니를 살리기 위해 연구를 거듭하던 나사는 회항 중이던 탐사정을 지구에 착륙하지 않고, 다시 화성으로 보내면 마크 와트니가 살아 있는 동안 도착할 수 있다는 것을 알고는 탐사정에 보급품을 지구에서 쏘아 올리는 계획을 하게 된다. 회항 중이던 탐사정에 보급은 성공하였고, 다시 화성으로 보내게 된다. 약속된 장소에서 마크 와트니와 탐사대원들은 만나게 되고, 결국 그는 화성에서 살아남게 된다. 이런 외로운 공간에서 살아남게 된 그를 만나고 싶지 않은가.

괴상하게 오늘은 운수가 좋더니만……

「운수 좋은 날」, 현진건, 〈개벽〉

이 다 안

「운수 좋은 날」은 인력거꾼의 비애를 그린 작품이다. 가난한 하층민들의 비참한 현실을 고발하고 있다. 92년 전에 쓴 소설이다. 그럼에도 불구하고 이 소설은 지금 읽어도 구성면이나 내용면에서 세대차이가 느껴지지 않는다. 인력거를 타는 사람과 인력거를 끌 수밖에 없는 상황이 오늘날 '부익부빈익빈'의 사회적 현상과 다름없어 보인다. 일제강점기였던 그때나 물질만능주의에 살고 있는 지금이나 가난한 사람들의 슬픔은 피할 수 없는 운명인 것 같아 씁쓸하기 그지없다.

현진건(1900~1943, 호는 빙허)은 경북 대구에서 태어났다. 처음에는 시를 썼으나 뒤에 소설로 전향했다. 연극인이던 당숙 한희운의 소개로「희생화」를 1920년에 〈개벽〉지에 발표하면서 문단에 나왔다. 이후「빈처」로 소설가로서의 입지를 다졌고 이어「술 권하는 사회」, 「운수 좋은 날」등의 걸작들을 발표해 염상섭, 김동인 등과 함께 초기 사실주의 확립자로서 그 위치를 굳혔다. 주요 작품으로「술 권하는 사회」,「빈처」,「할머니의 죽음」,「적도」,「운수 좋은 날」,「무영탑」,「흑치상지」등이 있다.

"새침하게 흐린 폼이 눈이 올 듯하더니 눈은 아니 오고 얼다가 만 비가 추적추적 내리었다. 이날이야말로 동소문 안에서 인력거꾼 노릇을 하는 김 첨지에게는 오래간만에 닥친 운수 좋은 날이었다."

첫 단락에 나오는 문장이다. 분명 제목에서도 '운수 좋은 날'이고 소설의 시작도 오랜만에 닥친 운수 좋은 날이라 했다. 고요한 바다에 폭풍전야처럼 소리 없이 검은 구름이 다가오고 있다는 불안감이 엄습해 온다. 어쩌면 이 대목이 이 소설에 빠져들게 하는 가장 매력적인 부분이 아닌가 싶다. 아침나절에만 삼십 전, 오십 전 그것도 아침 댓바람부터 그리 흔치 않는 일이다. 김첨지의 행운은 그걸로 그치지 않고 일원 오십 전의 행운이 또 찾아온다.

"유달리 움푹한 눈으로 오늘은 나가지 말아요. 제발 덕분에 집에 붙어 있어요. 내가 이렇게 아픈데…."

아내의 부탁이 마음 편치 않았지만 일원 오십 전의 행운을 놓칠 수가 없다. 설마 오늘내로 무슨 일이 있으랴 싶다. 아내에 대한 염려가 가슴을 짓눌렀지만 자신이 졸부가 된 듯 기쁘다. 정말 오늘은 김첨지에게 괴상하게 운수가 좋은 날이다. 일원 오십 전이란 돈이 얼마나 괜찮고 괴로운 것인 줄 절절히 느낀다. 또 육십 전에 손님을 태운다. 참 이상하다. 행운이 따라주니 우중이지만 몸도 가볍고 인력거도 가벼운데 다시금 몸이 무거워지더니 마음조차 초조해 온다.

집의 광경이 자꾸 눈앞에 어른거려 더 이상의 요행을 바랄 여유가 없다. 집이 가까워질수록 그의 마음이 괴상하게 누그러졌다. 이 누그러움은 안심에서 오는 것이 아니라 자기를 덮친 무서운 불행을 알게 될 때에 오는 두려움 같은 것이다. 어쩌면 김첨지는 아내의 죽음을 예감했는지도 모른다. '운수 좋은 날'이 아닌 '운수 없는 날'이라는 반전을 암시하는 대목이기도 하다. 작가는 이렇게 소설을 읽는 독자들을 이해시키고 있다는 생각이 든다.

집으로 바로 들어가지 않고 치삼과 술을 마신다. 불안한 마음을 스스로 위로하기 위해 아내가 죽었다고 거짓 아닌 넋두리를 한다. 가족을 부양해야하는 가장의 마음과, 죽어가는 아내를 돌보지 못한 마음에서 비롯된 내적 갈등이 잘 묘사되었다. 아내가 죽지 않았음을 인정하고 싶은 심리에서 이루어진 행동으로 보여진다. 약 한 첩 쓸 수 없는 형편보다 약 먹는 일을 사치라 느끼는 하층민의 삶이 더 안타깝다. 아내에게 줄 설렁탕을 사 가지고 들어가지만 아내의 기침소리는 들리지 않는다.

> "설렁탕을 사다 놓았는데 왜 먹지를 못하니, 왜 먹지를 못하니, 괴상하게도 오늘은 운수가 좋더니만……."

김첨지의 독백으로 소설은 끝난다. 인력거꾼에게 다가온 작은 행운이 결국 아내의 죽음이라는 큰 불행을 맞는 역전적인 내용이다. 이 소설이 보여주는 결말의 반전과 반어적인 제목이 이 소설의 비극을 더 극대화한다. 소설 부분 부분에서 묘사되는 행운이 반전을 가져올 것이라는 예감 때문인지 단숨에 읽혔다. 오늘날 소외된 계층의 한

단면을 보는 것 같아 착잡하다. 학창시절 읽었던 느낌과 과 또 다른 의미로 다가온다. 삶을 조금 더 이해하는 나이가 되었기 때문일까?

당신은 어떻게 나이 들고 싶은가

『나는 죽을 때까지 재미있게 살고 싶다』, 이근후, 갤리온

이 다 안

"누구나 즐겁고 재미있는 인생을 살고 싶어 한다. 하지만 진짜로 인생을 즐기는 사람은 재미있는 일을 선택하는 사람이 아니다. 아무리 어려운 상황에 처해 있어도 재미있게 해낼 것이라고 생각하는 사람이다. 그 순간순간이 쌓여 진짜 재미있는 삶을 만든다. 그래서 인생의 새로운 출발점에서 '어떻게 살것인가' 고민하는 이들에게 말한다. 노력하는 한 방황하는 것이므로 나이 드는 것을 너무 두려워할 필요가 없다고. 좀 두렵더라도 '나는 죽을

때까지 재미있게 살겠다' 는 다짐을 잊지 말라고. 그것만
으로 인생은 훨씬 풍요로울 수 있다고."

『나는 죽을 때까지 재미있게 살고 싶다』의 저자 이근후
박사는 이화여대 의대 신경정신과 교수이자 정신과 전문
의로 50년간 환자를 돌보고 학생들을 가르쳤다. 은퇴 후
에 고려사이버대학 문화학과를 수석 졸업하면서 일흔 넘
어 한 공부가 재미있다고 말한다. 봉사를 하니 인생이 더
즐거워졌단다. 20여 권의 수필집을 낸 수필가이기도 한
그는 『정신분석학』 등의 신경정신과 교육용 서적도 30여
권 펴냈다. 지금은 사단법인 가족아카데미를 설립하여
청소년 성 상담, 부모교육, 노년을 위한 생애 준비 교육
등의 활동을 활발하게 펼치고 있다.
　『나는 죽을 때까지 재미있게 살고 싶다』는 멋지게 나이
들고 싶은 사람들을 위한 인생의 기술 53가지가 기술되
어 있다. chapter 1은 '나는 죽을 때까지 재미있게 살고

싶다', chapter 2는 '이렇게 나이 들지 마라', chapter 3은 '마흔 살에 알았더라면 더 좋았을 것들', chapter 4는 '사람은 무엇으로 사는가', chapter 5는 '인생의 출발점에 서 있는 그대에게' 로 구성되어 있다. 저자는 죽음의 위기를 몇 차례 넘기고, 여러 가지 병과 더불어 살아가면서도 자기 긍정의 마음으로 나이 듦의 즐거움을 선하고 있다.

　저자는, 누구라도 인생의 수많은 고비를 넘기며 오늘을 살아가고 있다. 세상이 아무리 좋아졌어도 큰일 날 뻔한 일들을 겪으며 산다. 또 한 번의 덤을 얻었다고 생각하며 삶은 죽음보다 나은 것이라고 한다. 그래서 우리는 아직 살아 있는 행복한 존재라고 말한다. 인생은 어느 시기건 그에 알맞는 그때만 느낄 수 있는 즐거움이 있다고 했다. 태어나서 죽을 때까지 삶의 궤적을 따라가다 보면 재미없는 나이가 없다고 한다. 나이답게 사는 것은 엄숙하게 살라는 말이 아니다. 가끔은 철들지 않은 소년의 치기로 살 필요가 있다고 한다.

나이 듦의 상징은 육체적 쇠약에 있다. 거기에 한두 가지 병이 있다면 더더욱 노인답다. 그러니 노익장을 과시하는 사람들 앞에서 기죽거나 자책하지 마라. 또 나이 들어서도 젊어 보여야 한다는 강박관념은 되도록 버려라. 나이 들었다고 경로석에 앉는 것이 아니라 정말 몸이 약한 노인이 앉는 것이 경로석이다. 젊게 보이는 데만 신경 쓰느라 삶을 돌보지 못하면 그게 더 안타까운 일이라 말하고 있다. 나이 든 사람이 반드시 연약하다는, 나이 듦에 대한 고정관념을 재해석하고 있다.

이 책은 나이 듦에 대해 한탄하기 보다는 누구에게나 오는 것이기 때문에 자신에게 맞는 재미를 찾으라고 설명하고 있다. 내가 하고 싶은 것이 무엇인가를 실천해 보고, 벗어나 보고, 깨트려 보라 한다. 나이 먹는다는 사실을 노년기의 발견이라 생각하고 새롭게 시작하기를 권한다. 이루고자 하는 그 무엇을 위해 가능성을 가지고 노력하는 그 과정이 즐거움과 행복감을 준다는 것이다. 이야기 사이사이에 즐거운 인생을 위한 Tip담아 책의 내용을 더 알차게 해 준다. 저자 자신의 이야기를 인생 선행학습의 자료로 잘 보여주고 있다.

'당신은 어떻게 나이 들고 싶은가' 는 중년을 보내고 있는 내가 늘 고민하는 화두다. 나이 들어 좋을 게 뭐가 있으랴마는 누구나 피할 수 없는 일이다. 육체의 노화는 어쩔 수 없지만 어떻게 생각하고 받아들이느냐에 따라 삶은 훨씬 달라질 것이 분명하다. 산다는 것은 늙어가는 것이고, 늙는다는 것은 천천히 익어가는 술처럼 그윽해 지는 것이고, 단순해지는 것이다. 신체의 변화에 순응하며 익숙해져야 한다. 익숙함에 길들여지며 매 순간 그에 맞는 즐거움을 찾아 재미를 느낄 수 있다면 노년의 삶은 결코 나쁘지 않으리라.

40대 중반, 나에게도 아직 몽고반점이 있다
「몽고반점」, 한강, 문학과 사회

이 웅 현

  소설 「몽고반점」은 영혜의 형부(언니 인혜의 남편)인 그가 스토리 전개의 주인공이다.

  비디오아트를 하는 그는 언젠가 아내에게서 처제 영혜의 엉덩이에 몽고반점이 스무 살이 지나서까지 남아 있었다는 말을 듣게 된다. 보통은 어린 시절에 거의 다 없어지는 몽고반점이 지금까지도 처제 몸에 남아 있을 것이라는 말이었다.

  그걸 계기로 남녀의 몸에 꽃으로 바디페인팅을 하고

교합하는 장면을 영상화하리라 마음먹게 된다. 물론 영상의 여자 주인공은 처제 영혜여야 했고 남자는 자신이었으면 좋겠다는 생각을 한다.

처제를 모티브로 생각하게 된 영상예술은 그에게 성적 충동을 가지게 한다. 처제를 생각하면서 자위를 하게 되고 그 충동으로 아내를 안게 되지만 아내는 원인 모를 울음을 울고 있다.

장고 끝에 꺼낸 모델 제의를 처제 영혜는 어렵지 않게 승낙을 한다. 몸에 꽃을 그린다는 말에 끌린 듯하다. 처제 영혜와의 1차 작업을 끝낸 그는 남자모델을 고민하다 후배 J에게 부탁해 작업을 들어가지만 원하는 마무리 영상은 얻지 못한다.

J가 떠난 후, 그는 J의 몸에 핀 꽃을 보고, 하고 싶어졌다는 영혜의 말을 듣고 자신의 몸에 꽃을 그리고 영혜의 집을 찾아간다. 처제 영혜와의 짧은 관계와 긴 작업의 시간은 영혜의 울음으로 끝이 나고 깊은 잠에 빠져든다.

"이걸 내 혀로 옮겨 왔으면 좋겠어."

"…… 뭘요?"

"이 몽고반점."

몽고반점으로 시작된 처제 영혜와의 관계는 몽고반점을 가지고 싶다는 욕망으로 소설의 끝을 향해 가고 있다. 몽고반점을 가지고 싶다는 욕망이 욕정에 기인한 것인지 예술에 대한 갈망에 기인한 것인지에 대한 판단은 독자의 몫인 듯하다.

소설을 읽다보면 그의 아내 인혜가 무언가 눈치를 채고 있구나! 하는 생각을 들게 하는 부분을 볼 수 있다. 소설을 읽다보면 인과관계를 찾으려고 하는 습관이 이 부분들을 암시나 복선으로 여기게끔 했는지도 모른다.

"모든 것이 끝이 났을 때 아내는 울고 있었다. 그것이 격

정 때문인지 그가 모르는 어떤 감정 때문인지 그는 알 수 없었다.”

“ ‘가고 싶으면 가세요’ …… 한 번도 아내로부터 들어본 적이 없는 착찹한 음성이었다.”

영혜를 챙기러 온 인혜에게 모든 걸 들키게 된 그는 3층 베란다를 날아오를 수 있을 거라고 생각한다. 하지만 그 자리에 못 박혀 서서 베란다 난간 앞에 서 있는 영혜의 육체만을 응시하는 것으로 소설은 끝이 난다.

작가 한강은 1970년 광주에서 태어나 연세대 국문학과를 졸업했다. 1993년, 94년 연달아 시와 단편소설이 당선되면서 작품 활동을 시작했다. 올해 『채식주의자』로 맨부커상을 수상하면서 대한민국 문학계의 큰 이슈로 등장을 했다.

『채식주의자』는 한강의 연작소설집으로 「채식주의
자」, 「몽고반점」, 「나무불꽃」 세 편으로 구성되어 있다.
세편을 읽으면서 「몽고반점」에 끌리게 된 것은 내용 전
개가 다른 두 편과 다르게 빠르게 이어진다는 점일 것이
다. 세 편 중 유일하게 단번에 읽어 내려간 작품이었다.

무심한 듯 다르게 표현된 단어 선택이 눈에 띈다. 예술
행위에서는 허벅지로 표현되었던 영혜의 몸이 욕망과 욕
정에서는 가랑이로 표현되었다. 여기에서 단어의 선택이
주는 미묘한 감정의 차이를 생각했다.

"나무 스푼으로 아이스크림을 떠 혀로 핥는 그녀를 그는
말없이 건너다보았다."

여기에서 영혜의 육식에 대한 마음이 조금은 열린 것
인가? 라는 의문을 가질 수도 있을 것이다. 또 영혜가 형
부의 모델 제의를 받아들인 이유는 무엇일까? 라는 의문

과 과연 어떤 심리가 보통의 상식으로는 있을 수가 없는 제안을 받아들이게 된 것일까? 라는 의문도 생길 것이다.

'내 몸에도 아직 몽고반점이 있을까' 하고 거울을 비춰 본 적 있다? 없다?

천사의 미소라고 불리는 옴폭하게 들어간 두 개의 보조개, 왼쪽 보조개 바깥쪽으로 가장자리 중간 쯤, 소주병 뚜껑만한 검푸른 반점이 있다.

길은 또 길로 이어지고

『북성로의 밤』, 조두진, 한겨레 출판

이 중 우

　골목, 골목의 사전적 의미는 '큰길에서 들어가 동네나 마을 사이로 이리저리 나 있는 좁은 길'이다. 이리저리 나 있는 좁은 길은 어디에나 있지만 '대구 근대 골목'은 많은 역사를 품고 있다. '근대'라는 접두사가 붙어 있는 대구의 '골목'은 근대화의 흔적이 아직도 많이 남아 있다. 일제강점기의 흔적이 남아 있는 대구의 '근대 골목'은 한국전쟁 당시 다른 지역에 비해 피해가 크지 않았다. 대구의 '근대 골목'은 근대 생활상이 비교적 잘 유지되어 있고, 그 현장의 골목길에서는 느껴지는 근대화의 기운은 아직도 남아 있다. 조두진의 장편소설 『북성로의 밤』은 대구의 중심에 있었던 북성로를 배경으로 하고 있다. 일제강점기 중에서 가장 탄압이 심했던 1940년대가 배경이다.

소설은 사촌 형제들의 이야기를 중심으로 펼쳐진다. 북성로에 실제로 있었던 '미나카이 백화점'이 중심 무대이다. 한국인으로는 성공할 수 없기 때문에 일제 순사의 길을 택한 노태영과 독립운동을 하는 동생 노치영은 깊은 갈등의 골을 가지고 있다. 그리고 미나카이 백화점에서 일하는 노치영의 사촌 동생 노정주는 백화점 사장의 딸 나카에 아나코와의 사랑 이야기는 소설에 순수의 향기를 준다.

노태영의 일본식 이름은 야마모토 쇼시로 창씨개명을 하였다. 또한 그의 일본어 실력은 진짜 일본인보다 더 유창했다.

"노태영이 쓰는 도쿄 말씨는 어떤 도쿄 토박이가 쓰는 말씨보다 아름다웠다. 그 아름다운 말씨야말로 그가 얼마나 치열하게 살고 있는지, 얼마나 한이 많은 사람인지를 증명하는 문서 같았다."

- p.123

노태영은 일본인과 조선인의 차별을 뛰어 넘기 위해 일본인이 되려 하였고 일본인 순사보다 더 혹독하게 조선인들을 고문한다. 이러한 그의 모습이 사실은 일본인과 맞짱을 뜨고(p.126) 있는 노태영의 모습이다. 노태영은 결코 일본인이 될 수는 없지만 일본인에게 패배하기는 싫었다. 이러한 노태영은 동생 노치영에게 조선에 대해 말한다.

"조선은 누가 죽여서 죽은 게 아니라 스스로 죽었다. 외부의 힘만으로 국가를 죽일 수는 없다. 한 나라가 망할 때는 반드시 안에서 생긴 병이 목줄을 조르는 법이다. 너는 그걸 모른다는 말이냐? 네 말대로 내게는 재능이 있었고 꿈이 있었다. 그러나 오직 조선 사람이라는 이유 하나로 길은 막히고, 손발이 잘렸다. 조선 사람으로 사는 한 갈 곳이 없었다."

- p.187~p.188

조선인이기 때문에 승진도 밀린 노태영은 설움과 독립을 하는 조선인에게 혹독한 고문을 하는 순사로 악명이나 있다. 노태영에게 설움과 악명은 주린 가족의 배를 책임져야 하는 가장 노태영에게 아무런 의미가 없다.

노치영은 형인 노태영과 반대의 길인 독립운동을 하면서 악질 일본 순사인 친형에게 생일 선물로 폭탄을 보낼 정도로 형을 미워한다. 하지만 해방이 되고 해방 조국 청년단에게 끌려온 형이 모진 고문을 당하는 모습을 옆에서 지켜보며 어떤 수를 쓰더라도 형을 살려 내려고 한다.

'아무리 그렇더라도 이것은 아니다. 조국은 해방되지 않았는가. 이미 해방 됐는데, 이제 일본 놈들이 도망치고 있는 판국인데, 사람을 저 꼴로 만들어 놓다니. 대체 무엇을 하자는 것인가. 이제는 일본 순사도 아니고, 아무것도 아닌 사람이 아닌가.'

- p.306 ~ p.307

형 노태영을 살리려는 노치영의 노력은 물거품이 되고 형의 죽음과 청산가리를 먹고 죽는 형수의 모습을 옆에서 지켜본다. 노태영의 죽음을 바라보는 노치영은 일제 강점기에 친일을 한 사람들을 변호하고 싶어 하는 마음이 있다.

노태영의 사촌 동생 노정주는 미나카이 백화점에서 일을 하는 한국인이다. 백화점에서도 일본인들은 한국인에게 차별적인 대우를 한다. 그러나 백화점 사장의 딸 나카에 아나코는 한국인인 노정주에게 관심을 갖고 둘은 사랑을 한다. 그 둘의 사랑은 팽팽한 소설의 줄거리에 찔레 꽃 향기를 주는 역할을 한다. 이루어질 수 없는 사랑이 이루어진다는 확신을 아나코는 가지고 있다.

기다리지 않았는데도 만나는 사람은 없다. 그리워하지 않았는데도 사랑에 빠지는 사람은 없다. 만나서 사랑하게 되는 사람들은 오래 기다렸으며, 오래 그리워하는 사람들 이다. 노정주가 오늘 처음 자신의 이름을 불렀지만 낯설지 않은 까닭은 그 전에도 그가 그렇게 불렀기 때문일 것이라 고 아나코는 생각했다. 그래서 그 목소리에 자신의 귀가 익 숙해져 있기 때문이라고 믿었다.

- p.102

우연곡절 끝에 노정주는 사장이 되지만 둘의 사랑은 순탄하지 않다. 노정주는 한국 사람으로 태어났으니 한 국 사람으로 살아야 하고 아나코는 일본 사람으로 태어나서 일본 사람으로 살며 이루어지지 못할 사랑을 한다.

　『북성로의 밤』을 쓴 조두진은 장편소설『도모유키』로
제10회 한겨레문학상(2005년) 수상했다. 조두진 작가는
경남 합천 태생으로 대구에서 대학을 다녔으며 지금은
대구의 한 신문사 기자로 일하고 있다. 작가는『북성로의
밤』에서 대구 근대화 골목에서 번화한 거리인 북성로에
많은 애착을 가지고 있다. 일제강점기 막바지의 1940년
에 미나카이 백화점이 있는 북성로를 오가는 사람들의
발길에 대해 작가는 이렇게 말한다.

　북성로를 걸으면서 100년 동안 이 거리를 걸었던 사람들
을 만났습니다. 그들의 삶에 대해 내가 할 말은 없습니다.
나는 다만 그들을 통해 세월의 도도한 흐름과 촌음에 불과
한 사람살이에 대해 이야기하고 싶었습니다.

- p.352

북성로를 오가는 발길들이 모두 '북성로의 나그네였고, 세상의 이방인'(p.352~p.353)이라고 작가는 말한다. 북성로는 대구의 실제 지명이다. 북성로의 밤은 지금도 불을 밝히고 있고 많은 나그네와 이방인, 그리고 대구의 시민들이 지나다니는 번화가다. 미나카이 백화점이 있던 자리는 지금도 많은 사람들이 자신의 자리를 지키며 살아가고 있다. 1940년대 북성로의 근대 골목길은 현재 번화가인 대구의 중심가의 길로 이어지고 있다. 그 길은 길로 끊임없이 이어지고 있는 있다. 북성로의 밤을 환한 불빛들이 가득 비추고 있다. 그 불빛 아래 서 보길 권한다.

어떤 사람이 되고 싶으냐고 물으면

『에이브러햄 링컨』, 김명희, 도서출판 선

|

전 효 숙

인류사에 한 위대한 인물의 삶이 미치는 파장은 크고 깊다. 큰 인물일수록 그 영향은 현재진행형인 경우가 대부분이다. 예수나 부처, 공자 등 성인聖人의 반열에 오른 분들을 제외하고는 미국의 역대 대통령 중 에이브러햄 링컨이라는 인물은 그 울림이 아직도 큰 위인이다. 초등학교 시절 어떤 사람이 되고 싶으냐고 물으면 '링컨'이라고 대답했던 기억이 선명하다. 원숭이처럼 생겼지만 키도 크고, 멋있고, '노예해방'이라는 큰일을 이뤄낸 미국의 위대한 대통령이라고 위인전에서 읽었기 때문이다.

근자에 또 큰 울림이 뒤따랐다. 아카데미 시상식에서 영화 '링컨'의 주역이었던 영국 배우 다니엘 데이루이스가 남우주연상을 받아, 세계 최초로 아카데미 남우주연상 3회 수상이라는 쾌거를 기록했다. 다니엘 데이루이스는 링컨의 구부정한 자세와 걸음걸이, 느릿한 말투와 작은 주름의 미묘한 표정 변화까지, 위대한 선택의 기로에서 고뇌하는 대통령 링컨을 압도적 카리스마로 그려내며 골든 글로브와 영국 아카데미 등 내로라하는 세계 유수 영화제의 남우주연상을 싹쓸이했다.

때마침, 우리나라에도 3년 전에 한국인이 쓴 최초의 링컨 평전 '에이브러햄 링컨'이 출간됐다. 예전에 김동길 박사나 노무현 전 대통령이 링컨에 대한 책을 냈으나 온전한 평전이라고 보기는 힘들다. 그러나 이 책은 제대로 된 평전이라고 할 수 있다. 미국 조지워싱턴대에서 심리학과 창작을 공부했으며, 미 국무성에서 통역관으로 일한 저자가 '링컨'에 매료되어, 관련 책과 자료들을 섭렵하고 펴낸 역작이다.

이 저서는 미국인들이 '인간 동등'이라는 이념을 이루기 위해 피와 땀을 흘리며 싸운 전쟁 스토리다. 70만 명의 젊은 군인들이 산화했다. 그 숭고한 피는 150년이 지난 21세기의 미국에 흑인 대통령이 재선된 위대한 결과를 낳는 토대가 됐다. 미국의 역사는 링컨이 꿈꾸었던 '위대한 사회'를 향해 나아가고 있는 것이다. 에이브러햄 링컨은 재선에 성공한 흑인 대통령 버락 오바마의 멘토인 셈이다.

링컨은 미국이라는 거대한 땅의 가능성을 알고 있었고, 전쟁이라는 무서운 불구덩이를 걸어 나가는 데 성공한다면 그가 원하는 위대한 사회를 이룩할 수 있을 것이라고 믿었던 것이다. 전쟁이 끝날 무렵 57세의 링컨은 80세의 노인처럼 늙어보였다. 이 책의 목차는 ▷가난과 역경 속에서 성장하다(켄터키의 통나무집, 미시시피 강을 따라 뉴올리언스로 등) ▷백악관을 향하여(연방 하원의 원이 되다, 대통령 당선 등) ▷남북전쟁 그리고 노예해방 (섬터 요새의 포성-남북전쟁의 서막이 오르다, 게티즈버 그 전투 등) ▷하나 된 미국으로(링컨, 전장을 방문하다, 대통령 암살 등)으로 구성됐다.

링컨의 일대기를 한번 살펴보자. 1809년 켄터키주州 호 젠빌 출생. 가난한 농민의 아들로 태어나 어려서부터 노 동을 하였기 때문에 학교교육은 거의 받지 않았지만, 독 학하여 1837년 변호사가 되어 스프링필드에서 개업했다. 1834~1841년 일리노이 주의회 의원으로 선출됐다.

1847년 연방 하원의원으로 당선되었으나, 미국-멕시 코 전쟁에 반대하였기 때문에 인기가 떨어져 하원의원직 은 1기로 끝나고 변호사 생활로 돌아갔다. 1850년대를 통 하여 노예문제가 전국적인 문제로 크게 고조되자 정계로 복귀하기로 결심했다. 1856년 노예반대를 표방하여 결성 된 미국 공화당에 입당했다.

1858년 일리노이주州 선출의 상원의원 선거에 입후보하여 재선을 노리는 민주당의 S.A.더글러스와 치열한 논전을 전개함으로써 전국적으로 유명해졌다. 더글러스와의 공개 논쟁에서 행한 "갈려서 싸운 집은 설 수가 없다. 나는 이 정부가 반은 노예, 반은 자유의 상태에서 영구히 계속될 수는 없다고 믿는다" 는 유명한 말을 하여 더글러스의 인민주권론을 비판했다.

선거 결과에서는 패하였으나, 7회에 걸친 공개 토론으로 그의 명성은 전국적으로 알려지게 되고, 1860년 대통령 선거에서는 공화당의 대통령 후보로 지명받았다. 이 선거에서는 민주당 쪽에서 노예제 유지의 브리켄리지와 인민주권의 더글러스의 두 명의 후보로 분열되었기 때문에 링컨이 당선됐다.

링컨은 이미 노예제를 가지고 있는 남부 모든 주의 노예를 즉시 무조건 해방시킬 생각은 없었으나, 앞으로 만들어질 준주準州나 주州는 자유주의로 할 것을 강력히 주장하였기 때문이다. 1861년 3월 4일 대통령에 취임하자 링컨은 "나의 최고의 목적은 연방을 유지하여 이를 구제하는 것이지, 노예제도의 문제는 아니다"라고 주장했다. 그해 4월 섬터 요새에 대한 남군의 공격으로 마침내 동족상잔同族相殘의 남북전쟁이 시작됐다.

　1863년 11월 게티즈버그국립묘지 설립 기념식 연설에서 유명한 "국민에 의한, 국민을 위한 국민의 정부는 지상에서 영원히 사라지지 않을 것이다"라는 불멸의 말을 남겼다. 전쟁 중인 1864년의 대통령 선거에서는 재선 전망이 불투명하였으나, U.S.그랜트가 총사령관으로 임명된 후 승리가 계속된 것이 그에게 유리하게 작용해서 재선에 성공하였다. 1865년 4월 9일 남군사령관 R.E.리가 애포매턱스에서 그랜트에게 항복함으로써 남북전쟁은 종막을 고하였다. 전쟁이 종막에 가까워짐에 따라 관대한 조치를 베풀어 남부의 조기 연방 복귀를 바랐으나, 4월 14일 워싱턴의 포드극장에서 연극 관람 중 남부인 배우 J. 부스에게 피격, 이튿날 아침 사망하였다. 그의 사 후에도 미국 뿐 아니라 세계 인물사에 '에이브러햄 링컨'의 큰 울림은 아직도 울려 퍼지고 있다.

교황의 철제 십자가는?

『교황 프란치스코』, 교황 프란치스코, 알에이치코리아

|

전 효 숙

전 세계인의 존경을 한 몸에 받고 있는 현 교황을 좀 더 알고 싶다면 이 책을 추천한다. 베네딕토 16세 전 교황과는 스타일이 달라도 너무 다른 새 교황 프란치스코가 세간에 많이 회자되고 있다. 노숙자들과 함께 식사를 하는 등 소외된 사람들과 함께하는 행보는 '가난한 자의 성자'라고 불린다. 실제로 그렇다. 교황 프란치스코는 살아온 길이 그랬고, 전 세계 가톨릭계의 수장인 교황의 자리에 오른 지금도 음지에 있는 사람들을 위한 발걸음을 계속 이어가고 있다.

인기 절정의 종교 지도자인 새 교황은 1936년 아르헨티나 부에노스아이레스에서 이탈리아 출신 이민자의 아들로 태어났다. 대학에서 화학을 공부했지만 일찍이 품었던 종교적 소명에 따라 1958년 예수회에 입문해 1969년에 사제서품을 받았다. 이후 예수회 아르헨티나 관구장(1973~1979년)을 지냈으며, 산미겔 철학 신학대학 학장 겸 산미겔 교구 파트리아르카 산호세 본당 주임 사제(1980~1986년)로 활동했다.

이후 새 교황은 가톨릭 조직 내에서 탄탄대로를 걸었다. 부에노스아이레스 대교구 보좌주교(1992년)와 주교(1997년)를 거쳐 대교구장이 되었다. 2001년에는 추기경에 서임되었고, 아르헨티나 주교회의 의장(2005~2011년)을 지냈다. 교황에 오른 것은 갑작스러웠다. 교황 베네딕토 16세가 사임한 후 소집된 추기경단의 콘클라베에서 5번의 투표 끝에 2013년 3월 13일, 제266대 로마 가톨릭 교회의 교황으로 선출됐다. 시리아 출신 교황인 그레고리오 3세 이후 1천282년 만에 탄생한 비 유럽권 출신 교황이자 가톨릭교회 역사상 최초의 미주 출신, 최초의 예수회 출신 교황이 된 것이다.

공식 교황 명 '프란치스코'는 교황 명으로는 이제까지 한 번도 사용되시 않은 이름으로, 청빈, 겸손, 소박의 대명사인 '아시시의 성 프란치스코'를 따르겠다는 교황의 의지 표명이다.

수녀인 이해인 시인은 "교황 프란치스코의 삶과 생각을 인터뷰 형식에 담은 이 책은 우리 모두가 꼭 한 번 읽으면 좋을 위로의 지혜서이며, 사랑의 잠언서"라고 소개했다. 신부인 차동엽 미래사목연구소장은 "이 책은 교황 프란치스코가 교황 선출 이전에 추기경 서임을 즈음하여 2명의 신문기자와 나눈, 깊이 있는 대담집"이라며 "자상한 아버지처럼, 때로는 진리를 논하는 현자처럼, 때로는 사랑으로 행동하는 실천가"라고 추천했다.

2명의 신문기자는 아르헨티나의 유력 일간지 '클라린'의 종교 전문기자와 이탈리아를 대표하는 뉴스통신사인 '안사'의 기자이다.

교황 프란치스코(라틴어: Franciscus PP. 이탈리아어: Papa Francesco, 1936년 12월 17일~)는 제266대 교황(재위: 2013년 3월 13일~)이다. 본명은 호르헤 마리오 베르고글리오(스페인어: Jorge Mario Bergoglio)이다.

기독교 역사상 최초의 아메리카 대륙 출신 교황이면서, 최초의 예수회 출신 교황이다. 또한 최초의 남반구 국가 출신이기도 하다. 또한, 시리아 출신이었던 교황 그레고리오 3세 이후 1천282년 만에 즉위한 비非유럽권 출신이다. 그리고 요한 바오로 1세 이후 35년만의 이탈리아계 교황이기도 하다.

아르헨티나 부에노스아이레스 태생으로 화공학자와 나이트클럽 경비원으로 잠시 일하다가 신학교에 입학하여 신학생이 되었다. 1969년에 그는 사제 서품을 받았으며, 1973년부터 1979년까지 예수회의 아르헨티나 관구장을 지냈다. 1998년에는 부에노스아이레스 대교구장으로 임명되었으며, 2001년에는 추기경에 서임되었다. 2013년 2월 28일 교황 베네딕토 16세가 스스로 교황직을 사임한 후에 소집된 콘클라베에서 다수의 표를 얻어 같은 해 3월 13일 교황으로 선출되었다. 교황에 선출된 그는 교황으로서의 자신의 새 이름을 아시시의 성 프란치스코의 이름을 따서 프란치스코라고 명명하였다.

프란치스코는 공적으로나 사적으로나 항상 검소함과 겸손함을 잃지 않고 있으며, 사회적 소수자들, 특히 가난한 사람들에 대한 관심과 관용을 촉구하며, 여러 가지 다양한 배경과 신념, 신앙을 가진 사람들 사이에서 소통이 오갈 수 있도록 대화를 강조하는데 헌신적인 노력을 하는 것으로 널리 알려져 있다. 그는 소박하고 격식에 덜 얽매인 형식에 따르는 생활을 하고 있는데, 대표적인 예가 바로 과거에 전임자들이 사도 궁전에 거주했던 데 반해 프란치스코는 성녀 마르타 호텔을 자신의 거주지로 선택한 것이다. 뿐만 아니라, 그는 교황직에 선출될 당시에 전통적으로 교황 선출자가 전통적으로 착용하는 붉은색 교황용 모제타를 입지 않았으며, 전례를 집전할 때에도 입는 화려한 장식이 없는 검소하고 소박한 제의를 입는다. 그리고 전통적으로 순금으로 주조해 왔던 어부의 반지를 도금한 은반지로 교체하였으며, 목에 거는 가슴 십자가는 추기경 시절부터 착용하던 철제 십자가를 그대로 고수하였다.

프란치스코는 낙태, 피임, 동성애 등에 대해 강하게 반대하고 있는 가톨릭교회의 가르침을 고수하고 있다. 하지만 그는 동성애를 죄로 규정하는 교회의 전통적인 가르침은 그대로 유지하면서도 동성애자들을 사회적으로 소외시키거나 차별해서는 안 된다고 가르쳤다. 추기경 시절에 그는 이미 아르헨티나 정부의 동성 결혼 합법화 시도에 대해서 반대한 적이 있었다.

2014년 3월, 미국의 유력지인 〈포춘〉(Fortune)은 세계에서 가장 영향력 있는 리더 50인을 선정했고, 1위는 프란치스코 교황이었다.

시의 본적지에 부는 바람

『花蛇集』, 서정주, 문학동네

정 화 섭

　미당未堂 서정주徐廷柱(1915~2000)는 1936년 〈동아일보〉 신춘문예에 「벽」이 당선되어 작품 활동을 시작했다. 이해 가을 동인지 〈시인부락〉을 발간했으며, 몇 달간의 만주 방랑 끝에 돌아온 그는 1941년 초에 첫 시집 『화사집』을 펴냈다. 이 시집에서 미당은 악마적 관능의 세계를 파고들어 '한국의 보들레르'로 일컬어진다.

　이 시집에 수록한 시편들은 1935년에서 1940년 사이에 쓰인 것으로 서정주의 초기 시에 해당한다. "우리들의 중심과제는 생명의 탐구와 이것의 집중적 표현에 있다."라고 시인부락 동인시절을 회고한 서정주 자신의 말과 같이, 『화사집』의 시편들은 인간의 숭고한 생명상태를 노래한 것이다. 총 24편의 작품을 5부로 나누어 수록하였고, 말미에는 김상원의 발문이 있다. 미당은 "내가 붓을 든 이후以後로 지금에 이르도록 가장 두려워하고 꼬-리든, 이 시편詩篇을 다시 내 손으로 모아 한 권 시집詩集으로 세상世上에 전傳하려 한다. 아- 사랑하는 사람의 재災앙 됨이어!"라고 하며 발간 의의를 다지기도 했다.

　애비는 종이었다. 밤이 깊어도 오지 않았다.
　파뿌리같이 늙은할머니와 대추꽃이 한주 서 있을 뿐이었다.
　어매는 달을두고 풋살구가 꼭하나만 먹고싶다하였으나…… 흙으로 바람벽한 호롱불밑에
　손톱이 까만 에미의 아들.

甲午年이라든가 바다에 나가서는 도라오지않는다하는

外할아버지의 숱많은 머리털과

그 커다란눈이 나는 닮았다한다.

스믈세햇동안 나를 키운건 八割이 바람이다.

세상은 가도가도 부끄럽기만하더라

어떤 이는 내 눈에서 죄인(罪人)을 읽고가고

어떤 이는 내 입에서 천치(天癡)를 읽고가나

나는 아무 것도 뉘우치진 않을란다.

찰란히 틔워오는 어느아침에도

이마우에 언친詩의 이슬에는

멫방울의 피가 언제나 서껴있어

볓이거나 그늘이거나 혓바닥 느러트린

병든 숫개만냥 헐덕어리며 나는 왔다.

- 「자화상」 전문

시 속의 바람을 마음속에 옮겨본다. 바람 속에 비치는 형상들……, 동백꽃은 진지 오래고, 꽃무릇은 저 홀로 피는데, 막막함 속의 자유로움이듯 출렁출렁 바닷물 밀려온다. 일정한 곳에 정착하지 못하고 이리저리 떠돌아다니는 뿌리 뽑힌 삶을 살아왔음에도 강렬한 생명력은 앞으로 나아가는 힘이 된다. '시의 이슬'은 삶의 고통을 이겨냄으로써 얻은 정신적이고 예술적인 결정체이기도 하다.

사향(麝香) 박하(薄荷)의 뒤안길이다.

아름다운 배암…….

을마나 크다란 슬픔으로 태여났기에, 저리도 징그라운 몸둥아리냐

꽃다님 같다.

너의할아버지가 이브를 꼬여내든 달변(達辯)의 혓바닥이 소리잃은채 낼룽그리는 붉은 아가리로

푸른 하눌이다. ……물어뜯어라. 원통히무러뜯어.

다라나거라. 저놈의 대가리!

돌 팔매를 쏘면서, 쏘면서, 麝香 芳草ㅅ길
저놈의 뒤를 따르는 것은
우리 할아버지의안해가 이브라서 그러는게 아니라
석유(石油) 먹은 듯……石油 먹은 듯…… 가쁜 숨결이야

바눌에 꼬여 두를까부다. 꽃다님보단도 아름다운 빛……

크레오파투라의 피먹은양 붉게 타오르는 고흔 입설이
다…… 슴여라! 배암.

우리순네는 스물난 색시, 고양이같이 고흔 입설…… 슴
여라! 배암.

- 「花蛇」 전문

「花蛇」는 프랑스 보들레르의 영향을 강하게 받아 '악

마주의적'이며 '원색적'인 시풍을 보이는 미당의 초기 시세계를 대표하는 작품이다. 이 시는 뱀이 갖는 징그러움과 아름다움의 이중적 대립 축에 시적 발상의 근거를 두고 있다. 성서의 지식을 토대로 한 생명의 강건함 속에서 현재가 과거와 매래를 잡고 시소를 타는 미당의 일대기를 떠올려도 본다. 서로의 부름이듯 삶의 동력은 처음과 끝을 어루만진다.

삼복더위의 뜨거운 여름날, 우리 문학사에 숭고한 생명의 근원을 탐구하고 노래한 미당의 옷자락을 살짝 들춰보는 것도 한 여름을 이기는 하나의 방편이 될 것이다.

삶의 우수를 엿보다

『브람스를 좋아하세요…』, 프랑수아즈 사강, 민음사

정 화 섭

프랑수아즈 사강(1935~2004)의 본명은 프랑수아즈 쿠아레이다. 마르셀 프루스트의 소설 『잃어버린 시간을 찾아서』를 읽고 작품 속 등장인물인 '사강'을 자신의 필명으로 삼았다. 1954년 『슬픔이여 안녕』을 발표해 문단에 커다란 관심을 불러 일으켰다. 두 번에 걸친 결혼과 이혼, 알코올과 마약, 도박중독 등 굴곡 많은 생애를 보내면서도 다양한 장르의 작품들을 꾸준히 발표했다. 질병과 궁핍 속에서 비참하게 숨을 거둘 때까지 그녀의 삶은 스캔들 바로 그 자체였다. 이 작품을 썼을 때는 그녀의 나이 24세였다. 1952년 노벨문학상 수상작가인 프랑수아 모리악은 사강을 두고 '유럽 문단의 매혹적인 작은 악마'라고 부르기도 했다.

이 작품은 폴을 중심으로 로제와 시몽, 세 사람의 심리를 섬세하게 묘사하고 있다. 폴은 서른아홉 살의 인테리어 디자이너다. 그녀는 한 차례 이혼 경력이 있으며, 화물업체를 운영하는 로제와는 오래된 연인관계다. 로제는 폴을 사랑하지만 일을 핑계로 다른 여자와의 하룻밤도 몰래 즐기는 자유분방한 남자다. 둘은 서로 깊이 묶여 있으면서도 알 수 없는 공허가 서로에게 깃든다. 그러던 어느날 폴은 시몽이라는 젊은 청년을 만나게 된다. 시몽은 폴의 부유층 고객의 아들이며, 스물다섯 살의 변호사로 수줍음을 많이 타는 몽상가 기질이 다분한 매력적인 청년이다.

시몽은 폴을 보자 첫눈에 반한다. 그녀의 가게 앞에서 무작정 기다리거나 간절한 눈빛으로 데이트 신청을 하며, 젊은이의 열정과 순수함으로 애정공세를 펼친다. 어느 화창한 가을날 폴은 시몽으로부터 '푸른 쪽지'를 받는다. 폴의 잠자는 감성을 건드리는 콘서트에 함께 가자는 쪽지였다. 로제가 젊은 여자와 바람을 피운다는 사실을 알고 있는 폴은 주말의 권태로운 상태에서 시몽으로부터 신선한 호기심을 느낀다. 하지만 그녀는 서른아홉의 나이가 너무 많다고 느끼며 불안감을 감추지 못한다. 오랜 망설임과 고뇌 끝에, 결국 폴은 로제한테 돌아갔지만 로제는 예전과 변한 것이 없다. 시몽이 폴의 마음을 이해할 수 없듯이, 이 작품은 덧없고 불안정한 사람과 사람사이의 미묘한 감정을 섬세하게 보여주고 있다.

"사랑을 스쳐 지나가게 한 죄, 핑계와 편법과 체념으로 살아온 죄로 당신을 고발합니다. 당신에게 고독 형을 선고

합니다."

- p.53

"삶은 여성지 같은 것도 아니고 낡은 경험 더미도 아니야. 당신은 나보다 열네 해를 더 살았지만, 나는 현재 당신을 사랑하고 있고, 앞으로도 아주 오랫동안 당신을 사랑할 거야. 그뿐이야. 나는 당신이 천박한 수준, 이를테면 그 심술쟁이 할망구들의 수준으로 비하시키는 것을 참을 수가 없어. 지금 우리의 문제는 로제뿐이야. 다른 건 문제되지 않아."

- p.133

요하네스 브람스는 열네 살 연상인 슈만 클라라에 평생 동안 일종의 플라토닉한 연정을 품고 살았다. 어쩌면 죽음까지 따라가는……, 이 또한 작품 속의 시몽과 폴을 떠올리게 한다. 『브람스를 좋아하세요…』여기서 문장부

호가 물음표가 아니라 말줄임표로 끝나야 한다며 사강은 말했다고 한다. 책제목부터 심상치 않다. 부호 하나에 따라 문장 전체가, 더 나아가서는 그 작품 전체가 변할 수 있기 때문이다. 이 또한 작품의 중요한 장치임을 엿볼 수 있다. 문무학 님의 시집 『낱말』 문장부호 시로 읽기에서 말줄임표를 "점 하나 말 한 마디/ 말 한 마디 점 하나// 점이 여섯쯤이면 할 말도 다 했겠다// 줄인 건/ 마친 것이고 /마친 건/줄인 것이다." 말줄임표는 궁극적으로 모든 내용을 초월한 그 무언가를 품고 있다. 여기서 (헤라클레이토스, 『단장(斷章)』,62)도 떠올려 본다. "불멸은 유한하며 유한한 것은 불멸한다." 사강의 작품은 사랑의 영원성과 덧없음에 맞물려 있다.

이 책은 생의 긴 여정 속에서…… 늪에 갇힌 것처럼 삶이 무기력해질 때, 오감이 말라비틀어질 때, 떠난 시간 호출하며 읽어도 좋을 것이다. 창공이 별들을 거느리듯,

타인의 삶에 끼인 겹겹의 사랑 냄새 맡아도 좋으리라.

풋풋한 사랑의 폭풍이 한 생애를 걸고 밀물처럼 왔다가, 속절없이 작별한대도.

술 권한다고 다 묵나?

「술 권하는 사회」, 현진건, 현대문학

|

최 지 혜

핑계 없는 무덤은 없다. 제목을 본 순간 드는 생각이었
다. 내심 선입견을 가지고 읽은 탓인지, 식민지시대 고뇌
하는 지식인이었던 인물에게 연민보다 무책임함이 더 느
껴진다. 작품 속 남편은 결혼하자마자 동경으로 공부하
러 떠난다. 아내는 남편이 하는 공부가 도깨비의 부자방
망이 역할을 할 것이라 기대를 하며 기다린다. 그러나 돌
아온 남편은 돈을 벌기는커녕, 밤마다 술을 마시며 "내가
술이 먹고 싶어서 먹는단 말이오?" 한탄을 하며 집 안의

돈만 축내고 있다.

「술 권하는 사회」는 현진건의 단편작품이다. 현진건은 〈백조〉 동인으로 작가 생활을 시작했다. 1920년 〈개벽〉에 「희생화」를 발표하면서 작품활동을 시작했고 「빈처」, 「술 권하는 사회」로 문단의 주목을 받았다. 20여 년의 작가생활을 통해 23편의 단편과 4편의 장편을 쓴 작가이다. 그는 김동인과 함께 한국 근대 단편소설의 기초를 세운 선구자이며 염상섭과 함께 한국 근대 사실주의 문학의 기초를 확립하였다.

"흥 또 못 알아듣는 군, 묻는 내가 그르지, 마누라야 그런 말을 알 수 있겠소. 내가 설명해 드리지. 자세히 들어요. 내게 술을 권하는 것은 홧증도 아니고 하이칼라도 아니요, 이 사회란 것이 내게 술을 권한다오. 이 조선 사회란 것이 내게 술을 권한다오. 알았소? 팔자가 좋아서 조선에 태어났지, 딴 나라에 났다면 술이나 얻어먹을 수 있나……"

일제강점기에 지식인으로 살아가는 어려움이 엿보이는 넋두리다. 그러나 술 취한 가장의 무책임한 넋두리 같다. 가장 없는 세월을 바느질로 건딘 아내를 생각한다면 사회가 술을 권한다는 핑계를 대진 않아야 한다. 지나간 역사가 꽃바람만 불었던가? 사회 탓을 할 게 아니라, 나은 사회를 위해 제 역할을 다해야 하는 게 지식인의 자세일 것이다.

사회를 이해 못 하는 무지한 아내를 탓하며 집 밖을 나가는 남편을 바라보는 아내의 삶이 눈에 밟힌다. 이 소설 속 인물들의 고뇌가 낯설지 않은 것은 이 시대에도 지식인으로서 책임을 다하지 못하는 사람들과 가장으로서 책임을 다 하지 못하는 사람들이 있기 때문이리라. 그리고 그들의 옆을 묵묵히 지키고 있는 아내들이 있기 때문이리라.

"솔솔한 새벽바람이 싸늘하게 가슴에 부딪친다. 그 부

딪치는 서슬에 잠 못 자고 피곤한 몸이 부서질 듯이 지긋하
였다.

죽은 사람에게서나 볼 수 있는 해쓱한 얼굴이 경련적으
로 떨며 절망한 어조로 소근거렸다

"그 몹쓸 사회가, 왜 술을 권하는고!"

속 보인 난감함이여!

『채식주의자』, 한강, 창비

최 지 혜

　가슴속, 후미진 곳에 깊숙이 감추어 둔 들키고 싶지 않
은 것이 들킨 듯한 난감함이 『채식주의자』를 읽는 내내
엄습한다. 꿈을 꾼 뒤, 채식을 하고 결국에 식물이 되겠
다고 음식을 거부하는 주인공 '영혜' 채식주의는 남편,
형부, 언니가 화자로 등장하는 연작소설이다.

　『채식주의자』는 작가 한강이 10년 전에 발표한 작품이
다. 탄탄하고 정교하며 충격적인 작품으로, 독자들의 마
음에 그리고 그들의 꿈에 오래도록 머물 것이다라는 평

을 받으며 올해 한국인 최초로 맨부커상을 수상하였다. 1970년 광주에서 태어나, 1993년 계간 〈문학과사회〉 겨울호에 시가, 이듬해 〈서울신문〉 신춘문예에 단편소설 「붉은 닻」이 당선되어 작품활동을 시작했다.

「채식주의자」에서 화자인 남편은 주인공이 특별한 매력이 없는 것과 같이 특별한 단점도 없어 보여 결혼을 한다. 승진을 위해 늦은 밤까지 일하는 남편은 꿈을 꾸었다면서 냉장고 속 모든 고기를 버리는 아내를 이해할 수가 없다

「몽고반점」은 화자가 형부인데 그는 비디오아티스트이다. 아내에게서 처제의 엉덩이에 푸른 몽고반점이 있다는 이야기 듣고, 인간의 원초적인 욕망과 예술적인 욕망을 채운다.

「나무 불꽃」은 언니가 화자이다. 그녀는 배려심 많고 아내, 엄마, 언니로서의 역할을 충실하게 해내며 열심히 살아온 사람이다. 그러던 어느 날, 동생과 남편이 한 몸

이 되는 동영상을 보게 되고 둘을 정신병원에 보낸다. 정상 판정을 받은 남편은 그녀의 곁을 떠났고 그녀에게는 돌봐야하는 아이와 동생 영혜가 남았다.

"…내 다리를 물어뜯은 개가 아버지의 오토바이에 묶이고 있어. 그의 꼬리털을 태워 종아리 상처에 붙이고 붕대를 친친 감고, 아홉 살의 나는 대문간에 서 있어."

주인공을 물었다는 이유로 비참하게 죽어가는 개를 지켜보고, 개에 물린 상처가 나으려면 개장국을 먹어야한 나는 어른들의 말에 아무렇지 않게 먹은 죄책감이 그녀를 채식주의자로 만들었을까? 나도 기억하고 싶지 않은 것들이 꿈에 나타난다. 반복적으로 꿈을 꾼 적도 있다. 꿈에서 깨면, 현실이 아닌 것에 다행이다 싶다가도 무엇 때문에 똑같은 꿈을 꿀까? 잠시, 생각에 빠지고 생각은 과거와 현실을 넘나들며 어떤 답을 찾으려고 애쓴다.

아내가 "글쎄… 나도 정확한 기억은 없는데 영혜는 뭐. 스무 살까지도 남아 있었는 걸" 하고 뜻 없이 말하지 않았다면.

"스무 살?" 하는 그의 물음에 "응…… 그냥, 엄지손가락 만하게, 파랗게. 그때까지 있었으니 아마 지금도 있을 거야" 라는 아내의 대답이 뒤따르지 않았다면. 여인의 엉덩이 가운데에 푸른꽃이 열리는 장면은 바로 그 순간 그를 충격했다.

푸른 몽고반점에 예술적 영감을 얻은 형부는 예술적 욕망에 사로잡히고 욕망을 채운 그에게 남은 건 사회와의 격리와 가정의 해체였다. 도덕과 비도덕, 예술가의 삶에 대해 다시 한 번 생각해 보게 하는 「몽고반점」 이었다.

"조용히 그녀는 숨을 들이마신다. 활활 타오르는 도로변이 나무들을. 무수한 짐승들처럼 몸을 일으켜 일렁이는 초록빛의 불꽃들을 쏘아본다. 대답을 기다리듯, 아니, 무엇인가에 항의 하듯 그녀의 눈길은 어둡고 끈질기다."

아홉 살 주인공 앞에서 펼쳐진 아버지의 잔혹함, 사회적인 성공만이 전부인 남편과 나와 다르다는 이유로 험담하는 사람들을 극복하지 못한 영혜는 나무가 되기로 작정한다.

한동안 채식이 유행한 적 있다. 고기를 게걸스럽게 먹으면 짐승처럼 느껴지게 하는 데 매스컴도 한 몫을 했다. 유명 연예인 누가 채식을 한다더라는 소식 또한 채식을 부추겼다. 나 또한 부화뇌동하여 채식을 해볼까라는 생각을 했었다.

『채식주의자』를 다 읽었을 때는 솔직히 기분이 좋지 않았다. '이 기분은 뭐지?' 다시 책을 읽었다. 두 번째 읽고 난 다음에는 내 안에 있는 욕망과 잔혹함, 비굴함 때문이란 것을 알았다. 세 번째 읽고 나서야 멍 때리고 있는 듯 마음이 편안했다.

'멍 때리기 대회'가 있다. 대회의 취지가 현대인들이 빠른 속도와 경쟁사회로 인한 스트레스에서 멀리 떨어지는 체험을 하는 것이라고 한다. 그 만큼 우리는 과거에서 현실까지 알게 모르게 많은 스트레스를 겪으며 살아가고 있다. 그러다보니 떠밀 듯이 살아가고 타인에 대한 배려와 이타심보다 무관심과 배타심이 커지는 것 같다.

『채식주의자』를 읽고 삶에 쉼표 하나 찍고 가보자.

Reading train

&

Reading concert

책과 함께 떠나는 여행

완행열차 타고 책 읽기

동대구 ~ 기장

글 _ 이중우

서평,

사전적 의미는 책을 평하는 것이다. 서평書評을 올바르게 쓰기 위한 모임이 대구에서 처음으로 2016년 4월에 시작되었다.

지역 출판사인 학이사가 주관하고 문무학 시인이 지도하는 서평 모임이 20명의 회원을 1기로 하여 공부를 시작하였다. 20명의 회원 구성은 시인, 수필가, 신부님, 교수 등 문학에 깊은 관심을 가지는 사람들이었다. 서평은 창작과 달라서 책을 분석하고 또 분석하여 써야 하는 것이기에 모두들 처음 배우는 자세로 모두 진지하게 임하였다. 서평은 책에 대해 평하는 그것에 그치지 않는다. 서평에 대해 많은 사람들은 어려워한다. 서평은 독후감과 다르다는 것을 알고 있지만 서평을 쓰다 보면 책에 대해서 평을 하기 보다는 독후감이 되기 때문이다. 주관적인 감정이 들어가면 독후감이나 비평이 되기 때문이다. 이 말을 다시 정리하면 다음과 같다. 서평을 말 그대로 풀자면, 책에 대한 비평이다. 비평이란 책의 옳고 그름, 아름

다움과 추함 따위를 분석하여 가치를 평가하는 일이다. 이렇듯 가치 판단의 내용을 담는다는 것이 책을 읽고 난 뒤의 감상을 적은 글이라 풀이할 수 있는 독후감과 다른 점이다.

오늘은 서평 모임에서 새로운 이벤트로 완행열차에서 책을 읽는 모임이 있는 날이다. 참석 인원은 18명으로 동대구에서 기장까지 무궁화호를 타고 기차 안에서 한 권을 책을 읽고 기장에서 기차 안에서 읽은 책에 대해 서로 평을 하기로 하였다.

동대구역은 많은 사람들로 북적 거렸다. 그 북적거림은 여행이라는 것에 대한 들뜬 마음들이 있기 때문이다. 형형색색 나름대로 폼을 낸 패션들로 붐비고 있었고, 특히 젊은 아가씨들의 아슬아슬 패션이 사람들의 눈길을 끌고 있었다. 하지만 서평 모임 회원들은 여행에 대한 설렘보다는 완행열차에서의 책을 읽는다는 뿌듯한 마음들로 얼굴이 반짝였다. 그 뿌듯한 마음은 책 읽기 모습을 기차 안에서 보여 주겠다는 마음들이었다. 우리가 책 읽는 모습을 기차를 타고 가는 사람들 중에서 한 명이라도 '아 나도 책을 읽어야 하겠다'는 마음을 가지게 한다는 것이 오늘 모임의 목적이었다. 대구가 대한민국에서 두 번째로 책을 안 읽는다는 도시라는 오명을 우리 모임이 책 읽는 대구의 모습으로 돌리는 작은 출발을 갖는다는 긍지를 회원들은 가지고 있었다.

기차를 타고 자리를 잡고 앉으니 오늘의 배당물이 전달되었다. 생수 한 병, 김밥 한 줄, 봉지에 담은 간식, 그

리고 오늘 읽을 책이었다.

　오늘 읽을 책은 일제강점기 대구에서의 돈과 욕망을 그린 소설인 조두진 작가의 『북성로의 밤』이었다. 모두들 완행열차에서의 책 읽기가 시작되었다. 입으로는 김밥을 먹으면서 눈으로는 책을 읽고 손으로는 책장을 넘겨가며 책 속으로 빠져들었다.

『북성로의 밤』은 10회 한겨레 문학상을 받은 조두진 작가의 작품이다. 1940년대 대구 북성로에 있는 '미나카이 백화점'을 배경으로, 배달부 노정주와 백화점 사장의 딸 나카에 아나코의 사랑, 노정주의 사촌 형인 순사 일을 하는 노태영과 독립운동을 하는 노치영 형제의 갈등을 두 축으로 근대의 속살을 파고든 '전쟁'을 생생히 그려 내는 작품이다. 대구 북성로 무대와 오늘 우리가 가지는 모임이 대구에서 시작된다는 것도 큰 의미라 할 수 있다.

　책 속에서 일제강점기의 대구 북성로를 돌아다니다 잠시 기차 안을 살펴보았다. 기차 안에서 좌석을 구하지 못하여 입석으로 서 있는 사람들도 많았다. 연인들은 많은 사람들이 있는 속에서도 꼭 붙어서 손도 비비고, 얼굴도 쓰다듬고, 무엇인가 속닥속닥 하고 있다. 그 중에서 많은 사람들은 스마트 폰으로 무엇을 그리도 하는지 폰을 들여다보느라 정신이 없다. 그런 것도 다 귀찮은 사람은 기차 안 꿈나라 여행을 하고 있었다. 책을 읽는 모습은 우리 모임 회원들 말고는 아무도 없었다.

다시 일제강점기 대구로 돌아가 책을 읽기 시작했다. 기장에 도착하기 전에 책을 다 읽었다. 다시 기차 안을 살펴보면서 생각에 잠긴다. 책冊의 한자漢字 의미는 대나무의 조각을 실로 엮어서 책을 만들었다는 얘기도 있고, 대나무를 사용하기 훨씬 이전에 뼈 조각을 실로 묶어 책으로 사용했다는 말이 있다. 무엇인가를 기록해서 남기고 써야 한다는 생각은 고대인들도 가지고 있었던 모양이다. 종이는 없었지만 고대인들도 대나무나 뼈를 이용한 책에 문자를 적고 생활하는 문명화된 삶을 살았다는 것이다.

　지금 우리에게 책이란 무엇인가를 물어 본다. 역사학
자 바바라 더크만(Barbara Tuchman)은 책을 이렇게 묘
사 했다. "책은 문명의 전달자이다. 책 없이는 역사는 침
묵하고, 문학은 벙어리이며, 과학은 절름발이이고, 사상
과 사색은 정체된다. 책이 없었다면 문명의 발달은 불가
능했을 것이다. 책은 변화의 동력이고, 세상을 내다보는
창문이며, 시간이라는 바다에 세워진 등대이다. 책은 동
반자이고, 스승이고, 마술사이며, 마음의 보물을 관리하
는 은행가이다. 인류를 인쇄한 것, 그것이 바로 책이다."
　인류의 역사와 문화를 연결하는 것은 바로 책이다. 연
결한다는 것은 마음과 마음이 이어지는 강물이다. 지금

이 기차 안에서 책을 읽은 우리들의 모습들을 많은 사람들이 보았을 것이다. 그 사람들의 마음을 알 수는 없지만 '아 참 많은 사람들이 책을 읽고 있다' 는 생각을 주었다면 오늘 우리가 한 행사인 '완행열차 타고 책 읽기' 는 큰 의미가 있는 것이다.

기장에서 내려 늦은 점심을 먹으면서 문무학 시인이 말씀하셨다. "오늘 여러분들이 기차 안에서 책을 읽은 모습을 보여 준 것은 기차 안에 있는 많은 사람들에게 여러 각도의 도전을 주었을 것이다. 서평 쓰기 모임에서는 이러한 행사를 주기적으로 할 것이다."

오늘 '완행열차 타고 책 읽기' 는 우리들에게 많은 것을 제시한 좋은 시간이었다. 이런 모임이 꼭 많은 사람들이

모여서만 하는 것이 아닌 혼자서도 할 수 있고, 둘 이상도 할 수 있는 모임이다. 책은 여행이고, 동반자이고 스승이며 결국은 나를 보게 한다. 오늘 완행열차 안에서 만난 내 모습들을 우리는 소중하게 여기면서 어디서나 책을 읽는 자신의 모습을 만나보려고 한다.

學而思독서아카데미
|
제1기 서평쓰기
2016. 4. 7 ~ 6. 30

Reading concert

學而思 독서아카데미

서평쓰기 수료식 & 리딩 콘서트

學而思 독서아카데미

제2기 서평 쓰기 회원 모집

책 함께 읽고 쓰기

이제는 서평입니다

서평은
제 잘난 체하거나
그 누굴 나무라기 위해서
또 무엇이 되어 사람을 치장하는 그런 것이 아니다.

이 세상의 주인인 내 이름을
스스로 찾아 부르고
제 삶 속에 웅크리고 있는
행복을 끄집어내는 공부다.

책 읽어 생각을 얻고
평 쓰며 생각을 나누어
품위 있는 삶을
즐길 수 있게 하는 공부다.

1. 기간 : 9월~11월 매주 목요일 (전체 12강) 오후 7시~9시
　　　※ 특별수업 - 숲속에서 책 읽기
　　　※ 간단한 다과와 음료 제공
　　　※ 수료 후 결과물은 단행본으로 발간
　　　※ 수료 후 '책 읽는 사람들' 회원으로 활동

2. 강의 장소 : 도서출판 학이사 도서관
　　　· 대구광역시 달서구 문화회관 11안길 22-1(장동),
　　　　대구 출판산업단지 내
　　　· 성서 홈플러스 앞 용산역 3번 출구에서 도보 15분
　　　· 셔틀차량 운행 - 6시 30분, 45분 2회

3. 문의 : 053) 554-3432 (학이사독서아카데미)

4. 강사소개 : 문무학
　　　시인, 문학평론가. 문학박사. 시집《낱말》,《홀》등
　　　윤동주문학상, 이호우시조문학상 등 수상
　　　KBS대구방송총국 '이 한 권의 책' 10여 년간 241권의 책 소개
　　　대구문인협회, 대구예총 회장, 대구문화재단 대표 역임